Papartchu Dropaôtt

LA MORT AUX DENTS

roman

Une aventure de **PAPARTCHU DROPAÔTT**

LA MORT AUX DENTS

(Les vents, Gilles, seuls ont ceint Matthieu)

DU MÊME AUTEUR

L'histoire louche de la cuiller à potage, Éditions Quinze, Montréal, 1976

Du pain et des oeufs!, Éditions Quinze, Montréal, 1977

Salut, Bonhomme! Éditions Quinze, Montréal, 1978

Les Noires Tactiques du Révérend Dum, Éditions Québecor, Montréal, 1980

Le récit que vous allez lire se déroule au début des années 1980. Différentes raisons ont empêché sa publication jusqu'aujourd'hui, dont la perte du manuscrit qui n'a été redécouvert que récemment. L'atmosphère est donc celle de l'époque. La nourriture biologique n'intéressait alors qu'une poignée de gens – surnommés « macramé », « granola », etc. Bien des choses ont changé depuis (notamment, la technologie, les lieux mentionnés), mais le propos reste, comme on le constatera, éminemment actuel.

Moi, François Grenier

Non, ne craignez rien, chers admirateurs inconditionnels et subjonctifs de Papartchu Dropaôtt (héros québécois pure laine), le bouquin que vous venez d'ouvrir à la page qui vous trouve ici présents, à cette même ligne, en train de lire le mot « mot » (entre guillemets), n'est pas du tout, mais alors presque pas du tout issu de ma propre et unique plume à bille.

Papartchu Dropaôtt est disparu; ça, tout le monde le sait... ou presque. Sans être cliniquement mort, il est ce qu'on pourrait appeler *mathématiquement D x C x D = DCD*. Vous voyez ce que je veux dire ?

Or, ce que je viens vous raconter, c'est son histoire. Non! Je me suis mal exprimé : ce qu'*il* vient vous raconter, c'est l'histoire de sa disparition (déjà, je vous sens pas mal « accrochés »).

Votre intérêt indéniable, *voire même intéressé*, ne vous empêche pas de vous poser deux questions : « Si Dropaôtt est disparu, comment peut-il venir nous raconter son histoire ? » et « s'il n'est pas disparu, pourquoi ne nous cause-t-il pas tout de suite au lieu de laisser déconner ce crétin de Grenier ? » Eh bien! Vous avez raison... de vous poser ces questions. Pour connaître les réponses, vous n'avez qu'à poursuivre votre lecture. Vous comprendrez vite pourquoi ma présence parmi vous est si indispensable.

Il était donc une fois...

Première partie

LA DERNIÈRE FOIS QUE VOTRE HÉROS EST MORT...

Nicole vole au *Vent d'Est*

Dis-moi qui tu manges, je te dirai qui tu es.

Un cannibale

Nicole Davion, compagne de Papartchu Dropaôtt, hôtesse de l'air de son métier et femme d'une beauté naturelle éblouissante (digne en cela du plus érotique des contes de fesses), me téléphona chez moi à Québec, en ce vendredi du mois de *** de l'an 19**, pour me dire qu'elle voyait des astérisques partout... euh non! pour me dire qu'elle craignait pour la vie de son Dropaôtt chéri.

— François, il faut absolument que je te voie! furent ses premières paroles.

— Rien de plus facile, ma *beauté*, répondis-je, en prenant le ton de Dropaôtt.

Nous nous donnâmes donc rendez-vous à dix-huit heures au charmant petit restaurant *Le Vent d'Est*, rue Rachel, dans l'est de la Métropole.

« Pourquoi a-t-elle choisi cet endroit ? » m'interrogeai-je en raccrochant. « N'est-ce pas là la Mecque des mecs macrobiotiques de Montréal ? » Un hasard, sans doute...

Je sentais que j'aurais du pain brun sur la planche. Et moi qui n'aime pas du tout jouer les héros, étant sur ce point l'opposé à 179° et des poussières de mon copain Dropaôtt! Enfin, faut ce qu'il faut! Je quittai donc à regret mes pénates peinardes, mon petit confort bourgeois gentilhomme et, prenant le volant de ma guimbarde, je me dirigeai sans trop de fautes vers Montréal City.

J'entrai au *Vent d'Est* à l'heure presque dite (n'est-ce pas que je le pastiche bien, votre héros Dropaôtt?)

La porte du restaurant donnait sur un petit vestibule où l'on avait affiché divers messages :

Échangerais cours de yoga contre paniers de pique-nique!
Communiquer avec Yogi l'ours

Partagerais ferme avec deux ou trois givrés dans mon genre. Mes animaux sont nourris au grass *: mes trois vaches donnent un excellent beurre d'arachides, mes poules ont tellement le feu au cul qu'elles pondent des œufs à la coque et mon cheval Gauguin a la fièvre mauve. Je confectionne moi-même mes vêtements; alors, si tu files un mauvais coton, viens-t'en chez nous, j'en ai du bon! Adresse-toi à Marc Ramé, Saint-Panneau-du-caleçon, comté d'Entre-les-deux-Montagnes. J'ai pas le téléphone, mais tu peux essayer de m'appeler pareil.*

Enfin (et non le moindre) :

Ai perdu mon nirvana au coin de Saint-Denis et Mont-Royal. Si vous le voyez, pourriez-vous lui dire d'aller m'attendre chez moi ?
Le gros barbu que tout le monde surnomme « Patate ».
N.B. C'est pas vrai que je ressemble à une patate; moi, je suis juste un peu tuberculeux – eurf! eurf! vous voyez ?

Une seconde porte donnait accès au restaurant. Je l'ouvris et me retrouvai dans une salle proprette, bien aménagée. Une atmosphère calme régnait sur les lieux et le peu de musique qu'on entendait était de la musique classique en personne. Constatant d'un œil que Nicole n'était pas encore arrivée, de l'autre je m'assis à la première table venue.

Une jolie serveuse vêtue à la paysanne vint déposer devant moi un menu qui, pour être menu, n'en mettait pas moins l'eau à la bouche. Je feignis de le consulter pour mieux jeter un œil en catimini sur les autres clients : plusieurs artistes ayant découvert dans les céréales la source de l'inspiration vraie; des filles belles comme la Nature; un homme d'affaires, le visage marqué par l'infarctus, qui avait en dernier ressort choisi la bouffe et la vie; enfin, des gens détendus et respirant la joie. On était si loin des Merdonald.

Comme je me faisais cette dernière réflexion, je remarquai, à l'extrémité de la salle, un type qui feignait de consulter son menu pour mieux jeter un œil en catimini sur les autres clients du restaurant. Un geste astucieux me permit de constater que ce que je voyais n'était pas mon reflet dans une glace, mais bien un louche individu d'environ trente-cinq ans, cheveux grisonnants, visage contracté tel un fruit séché, sourcils en V, teint tacheté de rouge : un MANGEUR DE VIANDE! Ce drôle n'était pas plus à sa place au *Vent d'Est* que moi dans cette histoire, euh!...enfin!...

– Bonjour! Excuse mon retard!

Nicole Davion, radieuse, était debout devant moi. J'en oubliai le loustic et je me levai pour aider la jeune femme à s'asseoir. Je rougis un peu, car tous les clients avaient les yeux tournés vers ma table. On était muet, d'admiration devant la beauté de Nicole et d'indignation à la vue de l'affreux jojo qu'elle avait pour commensal d'un soir.

(Je m'en voudrais de ne pas esquisser, à l'intention de ceux qui ne la connaissent pas, un court portrait de Nicole, compagne de jeux et de vie de l'illustre Papartchu Dropaôtt :

Elle avait un corps splendide, qui eût fait honneur à Praxitèle, mais si, par ses vêtements moulants, elle semblait se plaire, avec un orgueil sauvage, à livrer ses charmes au regard des passants, son visage, lui, tout admirable qu'il fût, et surtout ses yeux, où perçait un soupçon de langueur distraite, montraient bien que cette trop belle enveloppe charnelle était presque pour elle un fardeau, une sorte d'infirmité, car il ne s'élevait habituellement sur ses pas qu'un murmure de convoitise animale quand elle aurait voulu susciter le sourire discret de l'amour.

Nicole, qui a lu le paragraphe précédent, me prie de vous dire que ce texte n'est que le fruit d'une imagination débordante.)

– Alors, commençai-je. Dropaôtt a disparu ?

– Depuis une semaine à peu près. Je sais qu'il a entrepris une enquête...

– Une enquête ? l'interrompis-je. Je croyais qu'il avait décidé, à la fin de sa dernière aventure, de se retirer et de ne vivre que de la vente de ses livres ?

– Oui mais, tu sais, je me doutais bien qu'au premier appel de détresse, il reprendrait le collier.

– Et qu'est-ce qui te fait croire qu'il a disparu ?

– D'habitude, il me donne des nouvelles régulièrement.

– Cette fois-ci, rien ?

– Jusqu'à ce matin. J'ai reçu un appel de la gare

d'autocars. Un colis venait d'arriver pour moi. Je suis passée le prendre avant notre rendez-vous.

Elle tira de son sac une enveloppe qui contenait plusieurs cassettes audio et une clé de coffret de sûreté.

– Il y avait une lettre ? demandai-je.

– Non. Les cassettes doivent en tenir lieu.

– Et d'où vient le paquet ?

– De Boston.

– Tiens, tiens! Notre Dropaôtt se lancerait-il dans une carrière internationale ? ironisai-je.

– Tu pourrais m'épargner tes commentaires, me reprocha Nicole. Je crains vraiment pour sa vie. L'affaire doit être extrêmement grave. C'est la première fois qu'il agit ainsi.

– Bon! Et la clé du coffret ?

– Les cassettes devraient nous renseigner là-dessus.

– Nous n'avons plus qu'à trouver un magnétophone. Tu en as un ?

– Malheureusement, j'ai prêté le mien à une amie, la semaine dernière.

– Si j'avais su, j'aurais apporté le mien.

– J'ai peur! lança-t-elle soudain.

– Tu n'as aucune raison d'avoir peur puisque je suis là! (Pour tout vous dire, j'avais l'impression d'être un moucheron qui déclarerait à une biche : « Je vais te protéger. »)

– Merci, François. Ta présence me rassure. (Je ne sais si elle parlait ironiquement.)

– Nous devrions manger, repris-je, sachant que la bouffe est un excellent exutoire à l'angoisse.

Comme je prononçais ces mots, la serveuse apparut

devant nous. Nicole n'avait pas faim. Moi, j'avais les dents plutôt longues. Je commandai une *tempura*.

Tout en observant la serveuse à la croupe rebondie qui rebondissait vers la cuisine, je constatai que le bouffeur de viande avait disparu. Je me dis à part moi : « Il trouvait sans doute que le menu manquait d'agressivité. »

– À quoi penses-tu ? me demanda Nicole.

– Au type qui était là tout à l'heure et qui n'allait pas avec le décor.

– Alors ?

– Il s'est envolé.

– C'est étrange, reprit-elle. Depuis hier, j'ai l'impression d'être suivie. On veut peut-être récupérer les cassettes ou même le contenu du coffret. Je crains qu'il ne soit arrivé malheur à Dropaôtt ou que...

Je n'écoutais plus. Un frisson de peur venait de me parcourir l'échine. En effet, d'où j'étais assis, j'avais vue sur le vestibule qui précédait la salle du restaurant, et ce que j'y apercevais avait de quoi me foutre la trouille : deux hommes aux tronches de tueurs discutaient avec le bouffeur de viande de tout à l'heure. De temps à autre (mais plus souvent à autre qu'à temps), les trois lascars tournaient les yeux vers notre table.

Constatant qu'elle parlait toute seule, Nicole me dit :

– Tu m'écoutes ? Qu'y a-t-il ?

– Retourne-toi vers la porte, lui chuchotai-je, sachant que, si je la priais de « ne se retourner sous aucun prétexte » (comme dans les films de série Z), la première chose qu'elle ferait serait justement de ne pas obtempérer à ma consigne impérative (c'est ça, la psychologie, mes amis...ou plutôt, amis de Dropaôtt!)

Nicole regarda aussitôt en direction de la porte (oui, oui, ça va! Je ne recommencerai plus.)

— C'est eux! s'écria-t-elle.

Les tueurs virent bien que nous les avions vus nous voir. C'était visible *de visu*! Ils s'engouffrèrent donc dans le restaurant. Je fus debout illico, tenant d'une main l'enveloppe qui contenait les cassettes, cherchant de l'autre à gagner du temps. Nicole se leva elle aussi et poussa un petit cri strident qui ameuta la clientèle.

— Sauve-toi par les cuisines, lui dis-je. Je te rejoindrai dans la cour, derrière. Je lui remis l'enveloppe.

Elle s'exécuta. À quelques pas de moi se dressait une desserte sur laquelle étaient disposés par étages des bacs de vaisselle sale. En une fraction de demi-seconde (ou en une demi-fraction de seconde, c'est au choix), j'avais saisi un bac, que je jetai à la figure du premier poursuivant. Celui-ci, au même moment, fouillait ses vêtements près de son aisselle, non pas pour se gratter le dessous de bras mais pour tirer d'un étui qu'il portait à cet endroit un pistolet à homme (et, pour être plus précis, à homme correspondant en tous points à mon signalement). Le bac et le type firent bientôt connaissance. La rencontre fut fracassante : verres brisés, assiettes pleines de sauce dégoulinant sur le visage de notre triste sire, couteaux, fourchettes et tout le tralala heurtant de plein fouet ses compères et lui.

Je n'attendis pas la suite du numéro et je me précipitai à mon tour vers les cuisines, en zigzaguant comme ils font dans les films. Les clients étaient déjà sous les tables quand les méchants firent péter leurs pétards : bang! bang! bang! En plein à côté du mille (même qu'ils en étaient à des milles, du mille!) Une des trois balles atteignit pourtant un type qui redescendait des toilettes, tout joyeux d'avoir fait son petit caca macrobiotique. À défaut de taper dans le mille, les sicaires faisaient du sang!

Un petit couloir, puis les cuisines, qui s'étiraient sur cinq ou six mètres. Deux cuisiniers y travaillaient.

– Que se passe-t-il ? s'enquit l'un d'eux. J'ai cru entendre du bruit dans la salle. On aurait dit des détonations.

Je n'avais pas le temps d'entrer dans les détails.

J'allais fuir quand le bac à friture m'inspira une idée. Je me dis en moi-même : « Après le bac de vaisselle sale, le bac à friture. Ces crétins n'ont sans doute qu'une troisième année. Grâce à moi, ils vont tous avoir leur bac. Leur maman sera fière d'eux. »

Je saisis par terre une chaudière en métal et la plongeai dans l'huile brûlante. J'en jetai le contenu à la figure des trois vilains merles, dès qu'ils débouchèrent dans les cuisines. Les merles chantèrent un peu avant de se transformer en merlans frits. Fous de douleur, s'arrachant le visage à deux mains pour se soustraire à la brûlure atroce, se cognant partout, ils ressemblaient à trois Polyphème, les yeux crevés par l'Huilysse que je suis...et qui fuit sur-le-champ, sans demander l'addition, ni même la soustraction, ni même son reste (deux je retiens quatre).

Nicole m'attendait dehors.

Nous sautâmes dans ma voiture et tirâmes notre chapeau

aux tueurs en partant sur les chapeaux de roues.

Je me rendis compte en prenant le volant par la corne (de mes paumes) que, tout paumé que j'ai l'habitude d'être, je venais de faire preuve d'une présence d'esprit très...très...présente. Malheureusement, si la main qui avait tenu l'anse du seau d'huile s'en était tirée indemne, celle qui avait tenu le seau était brûlée à plusieurs degrés (trois ou quatre, pour être plus précis).

— Il me faut du beurre! hurlai-je. Ouch! Aïe! Ouille! (Je vous jure que j'y allais de main presque morte.)

— Nous devrions d'abord trouver un endroit sûr pour écouter les cassettes de Dropaôtt...Depuis que je sais qu'il se trame quelque chose contre lui, j'en prends une suée...

— C'est dans l'ordre des choses : l'homme conspire et la femme transpire, philosophai-je au rabais. Pour ce qui est de la planque, je connais un petit hôtel près de la gare d'autocars. Nous devrions y être tranquilles.

Nicole approuva mon idée et, comme l'hôtel n'était pas loin, nous y fûmes un peu après illico (qui, d'ailleurs, se faisait passer pour incognito).

Dès le hall d'entrée, nous sentîmes voler autour de nous un essaim de ces mouches merdeuses appelées *préjugés*. Les réceptionnistes des hôtels ont beau en avoir vu de toutes les couleurs, ils ne peuvent s'empêcher de porter leur petit jugement sur les clients (du genre « tiens! Lui, il arrive de la campagne et vient courir les petits garçons dans la grande ville anonyme! » ou encore « tiens! Lui, il a une brebis sodomisée dans sa valise! ») Je vous ferai grâce de l'impression que nous suscitâmes : un freluquet timide venu en ville se payer les services d'une poulette de luxe. Voilà sûrement ce qu'il pensa, le réceptionniste. Et si je ne vous en ai pas fait grâce, ce n'est pas parce que je ne me relis pas; c'est plutôt pour bien vous montrer que les apparences sont trompeuses quatre fois sur cinq (même que la fois qui reste est souvent trompeuse elle aussi).

Nous n'avions pas de temps à perdre, Nicole et moi. Faisant donc, comme dirait un homosexuel de mes amis, fi[2] des préjugés, nous demandâmes *une chambre*, *un magnétophone* et *beaucoup de beurre*.

Le réceptionniste, qui avait le nom de l'emploi (il s'appelait Alain Proviste), ne broncha pas d'un poil de nez (d'ailleurs, comme il n'avait pas la barbe très forte, il se laissait pousser les poils de nez, lesquels foisonnaient littéralement, et ça lui faisait une belle moustache.)

– La chambre, pas de problème, dit-il.

– Et le magnétophone ? s'enquit Nicole.

– C'est pour quoi faire ? Vous avez des cassettes cochonnes ? Du genre « ouiiiii, je viens! C'est bonnnnn! Encorrrrre! » ?

C'est qu'il gueulait vraiment, notre Alain. Ses yeux s'étiraient jusque dans le t-shirt de Nicole, tandis que sa langue rampait en bavant sur le comptoir. Mais – était-ce illusion d'optique ou réalité ? – le mec retrouva aussitôt son visage impassible et déclara :

– Je crois que je pourrai vous dénicher le magnétophone en question.

– Et...(j'hésitais, ne sachant quelle serait sa réaction cette fois-là)...pour le beurre ?

– Le beurre ? Mmmmmmmmm! On lui met du beurre

partout et on lèchhhhhhe! Et elle crie : « Ouiiiii, je viens! C'est bonnnnn! Encorrrrre! » Et on s'en sert par derrière! Oh la la! Et elle crie : « Ouiiiii, je viens! C'est bonnnnn! Encorrrrre! »

Ameuté par les cris, le directeur arriva bientôt.

– Mais que se passe-t-il donc ici ?

J'allais ouvrir la bouche quand Alain Proviste s'écria :

– Monsieur le directeur, savez-vous ce qu'ils me demandent ?

– Une chambre, sans doute!

– Oui une chambre. Mais ils veulent aussi un magnétophone et beaucoup de beurre.

– Et alors ? Voyons, Alain, vous n'avez pas à juger les *particularités* de nos clients.

Alain transpirait, bavait, tremblait de tous ses membres (y compris celui du milieu).

– Mais, monsieur le directeur, ils ont des cassettes cochonnes. Et, avec le beurre, ils vont se beurrer et elle...

Le directeur prit Alain par le bras et l'entraîna à l'écart en nous disant :

– Excusez-moi. Je reviens tout de suite.

Il conduisit vers son bureau le jeune homme qui balbutiait :

– C'est bonnnnn! Encorrrrre! Oh la la!

– Allons, mon petit Alain, disait le directeur, ne pensez plus à cela. Vous êtes fatigué, surmené peut-être! Pourquoi ne prendriez-vous pas quelques jours de congé, à vos frais naturellement ? Je vous les accorde sans hésiter. Qu'en dites-vous ?

Le directeur, un ancien dentiste qui s'appelait Adam

Décarie (on comprend pourquoi il avait changé de métier), revint, confus, me faire remplir la fiche et, après m'avoir procuré ce que je désirais, il me remit la clé de la chambre.

– Toutes nos excuses! Cet incident est fort regrettable.

– Ce n'est rien, répondis-je. Il est cependant malheureux que les gens entretiennent tant de... de...

– ... de préjugés à l'égard de leur prochain, compléta Adam Décarie.

– Vous m'enlevez les mots de la bouche, appréciai-je.

– Ça ne m'étonne pas : j'étais dentiste autrefois.

La réponse nous interloqua, Nicole et moi. Étions-nous en présence d'un autre dingue ? Voyant notre mine déconfite, Adam Décarie se hâta de dissiper le malentendu en ajoutant :

– Eh oui! Les *maux*, m-a-u-x! J'enlevais les maux de la bouche.

Il éclata de rire et nous aussi.

En prenant l'ascenseur, je dis à Nicole :

– Voilà un jeu de mots dont se serait régalé notre Dropaôtt!

– Oui, gémit-elle, la larme à l'œil. Pourvu qu'il ne lui soit rien arrivé.

Que la crème glacée soit avec vous...et avec votre esprit!

> *Car dans cette boisson (Pepsi-Cola) douce et rafraîchissante (j'en conviens) on a, depuis sept ans, introduit un nouvel élément chimique qui n'altère en rien sa saveur pétillante particulière, le sulfabinalium, mais dont l'effet secondaire (vérifié pendant de longs mois au laboratoire Whitney dans la banlieue Est de Chicago) est de ronger lentement les cellules de l'imaginaire...*
>
> Jacques Godbout
> *L'Isle au dragon*

Tandis que j'enfouissais en jouissant ma main dans le beurre mou, Nicole introduisait une cassette dans le magnétophone. Les cassettes n'étant pas numérotées, nous risquions de nous retrouver, vous et nous, au beau milieu du discours de Dropaôtt. Enfin...

Vous comprenez à présent l'objet de ma préface, n'est-ce pas ? Oui ? Parfait! Alors, voici Dropaôtt lui-même dans la personne de sa voix :

Salut tout le monde! Ici votre Dropaôtt chéri! Salut ma belle Nicole que j'embrasse partout, même dans les zones zosées et zérogènes. Je m'ennuie de toi gros comme ça, ma crotte... Je continuerais bien à te faire des mamours verbales, mais y a cette tarte de Grenier qui entend tout. Salut Grenier! Toujours aussi pauvre type ? Je t'aime bien quand même, tu sais! J'ai l'impression d'être un peu comme un père pour toi, tu comprends ? Tu me dois la vie, tu n'existes que grâce à moi. Mais je suis assuré qu'un jour, tu me remettras ça au centuple. Enfin, salut à vous tous, mes fans et les autres! Contents de vous savoir là en train de m'écouter.

Bon, si je commençais ?

Au fait, Nicole, tu n'as pas la bonne cassette. Dans celle-ci, je vous raconte ma mort. Alors, vous faites comme vous voulez, mais vaudrait peut-être mieux écouter les autres cassettes et les mettre en ordre avant de les présenter aux copains. Vous savez bien que ça leur prend du linéaire, *sinon ils vont être tout mélangés...*

Vous préférez continuer avec cette cassette ? Tant pis pour vous si vous vous faites huer par mes fans...

Je disais donc que cette cassette raconte ma mort...

Ah les salauds, ce qu'ils m'en ont fait baver! Et ce n'est pas terminé, si jamais ils me remettent le grappin dessus...J'en sais trop. L'aventure que je viens de vivre (ou plutôt de mourir) est tellement incroyable. C'est une bombe sur l'Amérique, sur le monde occidental. Une histoire comme on en lit dans les romans. Même que ça dépasse l'imagination des plus grands romanciers (moi y compris!)

Enfin, je vous raconte tout dans les autres cassettes...

Les salauds! Quand ils nous ont eus en leur pouvoir, Gilles, Thomas et moi, ils sont venus nous annoncer comme ça, un sourire triomphant sur les lèvres de leur sale gueule :

– *Faudrait faire quelques expériences sur vous. Vous êtes trois excellents cobayes.*

Ils ont commencé par le culinaire, *comme ils disaient. Ils appelaient aussi ce supplice* la violence des choses.

Ils nous ont enfermés dans trois réduits de deux mètres de long sur deux mètres de large et trois mètres de haut : des sortes de caveaux tout en béton, nus, aux murs lisses comme des fesses mais peints en écarlate. Au plafond, une ampoule rouge brillait jour et nuit, rendant encore plus agressive l'atmosphère de la CHAMBRE ROUGE. Par une trappe aménagée dans la porte – rouge elle aussi – on nous passait nos repas. Et quels repas! Le premier fut délicieux. Nous ne nous doutions de rien jusqu'à ce que le cauchemar commence. En effet, matin, midi et soir, on nous servait dans des assiettes en carton de la CRÈME GLACÉE. Un parfum différent à chaque repas. On avait même droit, tous les deux jours, à du dessert *: une coupe glacée ou une banane royale. Je sais, vous vous dites : les chanceux. Qui n'a pas rêvé de s'offrir une cure de crème glacée ? Mais rien que de la crème glacée ? Sans eau. Et dans une chambre ROUGE!*

Le premier jour, je me suis dit :« Ils sont cons, ces types! S'ils veulent nous faire engraisser jusqu'à ce que le caveau soit trop exigu, ils perdent leur temps. » Et je me suis gavé de crème glacée.

Le lendemain, j'ai déchanté.

Y avait d'abord le rouge de la chambre. En temps normal, on peut toujours s'y habituer. Le cerveau rationalise la situation et, en se concentrant un peu, on parvient à oublier l'agression de la couleur et le manque d'espace. Mais là où le bât (à varices) blessait, c'était du côté de la bouffe. Les gens qui mangent de la crème glacée de temps à autre ne se rendent pas compte des effets, lesquels sont d'ailleurs compensés par les autres aliments ingurgités. Mais rien que de la crème glacée! En moins de trois jours, tout instinct de lutte m'avait abandonné. J'étais devenu un légume passif et lymphatique. Je m'enfonçais dans les sables mouvants des parfaits trop parfaits. S'il n'y avait eu que ça. La disparition de mon ardeur combative allait de pair avec une hyperactivité de ma machine à penser. J'ai toujours eu une parfaite maîtrise de ma boîte à idées; ça, tout le monde le sait. Mes innombrables exploits sont là pour le prouver. Je puis ainsi, en moins d'une demi-fraction de seconde, vous dire que deux trains, l'un parti à 13 h 50 de Saint-Clin-Clin et roulant vers Sainte-Cunégonde à 100 km/h, et l'autre parti de Sainte-Cunégonde à 14 h 25 et roulant vers Saint-Clin-Clin à 120 km/h, entreront sûrement en collision, quelque part entre les deux stations, s'ils restent sur la même voie. Je puis même vous dire, en un temps encore plus record que tout à l'heure, que si Pierre a cinquante pruneaux et qu'il en mange trente-cinq, il devra se procurer au moins quatre rouleaux de papier hygiénique parfumé et super-doux s'il veut faire face adéquatement (et sans douleur) à la crise de chiasse à courre qui le fera courir aux vécés toutes les cinq minutes pendant au moins vingt-quatre heures. En fait, comme vous venez de le constater, les mathématiques, ce n'est un secret pour personne ou, si vous préférez, c'est rien qu'un tas de conneries qui n'ont rien à voir avec la réalité. Ceci dit, je reviens à mon propos, dont je me suis éloigné considérablement (des restants de crème glacée, sans doute). Donc, la crème glacée, en plus d'annihiler ma volonté de fer, détraqua le mécanisme de ma machine à penser. Plus aucune logique dans le cerveau de bibi. Rien que des pensées floues, incontrôlables, qui explosaient dans ma tête comme un vrai feu d'artifices. Je n'étais même plus capable de méditer et vous savez à quel point cette détente m'est indispensable. La machine surchauffait. Un détail, un objet, une situation suffisait à déclencher le mécanisme. Cette situation, ce fut la chambre rouge. Je me suis mis à avoir peur du rouge, peur des murs qui semblaient rapetisser et se refermer inexorablement sur moi. Impossible d'arrêter le cerveau qui s'emballait (ça doit être ça, l'enfer!) J'étais prisonnier de ma caboche. Affolées, les pensées volaient et heurtaient les parois de mon crâne. Je devenais fou. Après quatre jours de ce régime, je gueulais : « Maman, viens chercher ton petit gars! » Mes cauchemars d'enfance refaisaient surface. Encore quelques semaines et je serais mûr pour une entrée triomphale chez les aliénés. Dans mes rares moments de lucidité, je me souvenais qu'au Japon, les femmes qui ont des maris durs, brutaux, les rendent inoffensifs en modifiant leur alimentation (certaines se sont même débarrassées à petit feu de maris gênants, sans poison, simplement grâce à la nourriture qu'elles leur ont servie pendant quelques années.)

Que faire ? Je me suis mis à taper dans les murs. C'est alors que je me suis rendu compte que je pouvais communiquer avec Gilles. Merci, monsieur Morse! Voici le message que mon copain m'envoya : ARRÊTE DE MANGER ET FAIS DE L'EXERCICE. SEULE SOLUTION.

J'avais mal compris, sans doute. Je lui fis répéter. C'était complètement fou. Mais comme ce type me semblait sain d'esprit, je me suis exécuté. Eh ben, les potes, le lendemain, j'avais retrouvé toute ma vigueur ou presque. Je commençais à comprendre bien des choses.

L'expérience était terminée, à la satisfaction de mes tortionnaires. Ce que je venais de vivre n'était rien, cependant, en comparaison de ce qu'ils m'avaient préparé. Vous con...

Nicole appuya sur le bouton *arrêt*.

– Qu'y a-t-il ? demandai-je, la main toujours dans le beurre, comme de raison. Tu veux écouter une autre cassette ? Tu as peur d'entendre la suite ?

– Non, chuchota-t-elle. J'ai l'impression qu'on nous épie. Mon Dieu! S'il fallait qu'ils nous aient retrouvés!

– Je vais voir à la porte, dis-je à voix basse.

Je m'avançai donc sur la pointe des chaussures et je collai mon oreille contre la porte. Je n'entendais qu'une respiration haletante, comme dans les appels obscènes. Prêt à toute éventualité, j'ouvris la porte d'un coup.

Alain Proviste était là, accroupi, qui se masturbait en marmonnant :

– Oulala! Oulala! Elle crie: Ouiiiii, je viens! Encorrrrre! Et il lui met du beurre et il lèchhhhhhe!

– Non, mais..., hurlai-je. Espèce d'obsédé!

Ma main dégoulinait le beurre fondu. J'écrasai mes doigts contre le visage du sinistre individu, que je repoussai jusqu'au milieu du couloir.

– Ouste! Et qu'on ne vous y reprenne plus. Sinon, je préviens la direction.

Il se reboutonna et s'en alla en se pourléchant les babines – et même les joues, tant il avait la langue longue.

Je revins auprès de Nicole qui remit l'appareil en marche.

La dernière fois que je suis mort...

*Je dirai à ceux qui croient à la réincarnation que notre planète s'est vu attribuer un nombre fixe d'*entités incarnables *(entre cinq et dix milliards). La croissance démographique actuelle nous permet de prévoir un épuisement prochain de la réserve d'*entités, lesquelles se seront alors toutes incarnées. Il est certain que c'est ainsi – et non pas autrement – qu'il faut interpréter le JUGEMENT DERNIER.

Papartchu (Troumane) Capoté
Comment je me suis réincarné en vache après avoir trop bu de lait Carnation

– *Bon, vous revoilà! C'est pas trop tôt. Comme si on interrompt le grand Papartchu Dropaôtt en pleine narration. Vous mériteriez que je vous la raconte pas, mon histoire.*

– *Excuse-nous, chéri, dit Nicole.*

– *Ça va! Où en étais-je ? Ah oui! Je parlais du deuxième supplice...*

Vous connaissez sûrement l'un des jeux préférés des tortionnaires de la police ou des services secrets, partout dans le monde : ils plongent leur victime sous l'eau jusqu'à ce qu'elle cesse de lutter pour vivre, puis ils la laissent respirer, tout juste le temps de reprendre goût à la vie. Dès que l'instinct de conservation du pauvre mec reprend le dessus, ils le replongent dans l'eau. Des heures de plaisir garanti! La victime n'en crève pas, mais sa peau ne doit pas valoir cher après.

Eh ben! Mes bourreaux avaient décidé de raffiner le jeu, de le pousser plus loin, les salauds. Ils avaient sans doute lu les livres de Moody et compagnie sur la vie après la vie. D'après les témoignages recueillis auprès de patients rescapés, il existerait bel et bien un au-delà. En effet, des personnes cliniquement mortes *pendant plusieurs minutes et ramenées à la vie grâce à de vigoureux massages cardiaques ont déclaré à leur retour, parfois avec colère:« Pourquoi m'avez-vous ramené ? J'étais si bien là-haut! » Le supplice auquel on me soumit ne visait donc pas à jouer avec mon instinct de conservation, mais à me faire passer de la vie à la mort et de la mort à la vie – peut-être jusqu'à ce que folie s'ensuive.*

Les ordures! (D'ailleurs, y en avait deux dans le groupe qui se prénommaient Ben!)

La méthode était simple. Alors que j'étais attaché solidement sur une table d'opération, on m'injecta une drogue qui provoquait un arrêt cardiaque. Il s'agissait de me laisser poireauter dans l'au-delà pendant quelques minutes, le temps de me familiariser avec les lieux, de faire connaissance avec les habitants, de me mettre à l'aise, quoi!, puis de me ramener à la vie, juste pour voir la tête que je ferais au retour.

LA PREMIÈRE FOIS QUE JE SUIS MORT, j'avais une trouille terrible, car on m'avait expliqué le supplice de long en large avant de me le faire subir, ce qui en soi était déjà un *supplice. Imaginez-vous! Vous avez beau croire à Dieu, à la Sainte Vierge et à tout le tralala, quand on s'apprête à vous occire pour le plaisir avant de vous ramener à la vie, votre courage en prend pour son rhume des foins. « Et s'ils ne me ramenaient pas, les écœurants! » pensais-je en balbutiant intérieurement une prière à Ti-Jésus-bonjour-mes-délices-mes-amours.*

J'eus beau leur déclarer, dans la langue la plus shakespearienne que je pus trouver, que j'étais innocent au quatrième degré et même, suprême argument, que s'ils ne me relâchaient pas sur-le-champ, je leur parlerais plus, na!, mon discours ne les toucha pas plus qu'une pluie d'indifférence sur le parapluie de leurs sarcasmes (ou quelque chose du genre).

Et la seringue s'enfonça dans la saignée de mon avant-bras.

Quelques secondes plus tard, J'ÉTAIS MORT!

J'ai d'abord eu l'impression de quitter mon corps, de me dédoubler pour ainsi dire. Je flottais dans la pièce au-dessus de ma dépouille (très mortelle, à ce moment-là), sans haine aucune pour mes bourreaux que je voyais ricaner autour de ce qui avait été moi pendant une trente-cinquaine d'années. Je me sentais léger léger, comme dans la chanson de Trenet. Plus de soucis, plus de tracas. La belle vie (après la mort), quoi! C'est alors que j'entendis une voix qui disait :

– Allô, allô! Mon cher Dropaôtt, ton heure n'est pas venue. Tu as encore quelques mauvais quarts d'heure à passer. Retourne d'où tu viens.

J'ai demandé, comme ça, dans ma tête :
– C'est toi, Grand Manitou ?

Pas de réponse. Je me suis alors senti aspiré vers mon enveloppe corporelle, que j'ai réintégrée à regret. J'ai eu un peu de mal à me rajuster : pendant un moment, j'ai eu les yeux en face des trous de nez, ce qui n'aurait pas été commode. Puis, ça s'est replacé. J'ai refait surface comme un noyé, en prenant une grande inspiration. Je me sentais complètement perdu dans le monde réel, comme lorsqu'on est tiré brusquement d'un sommeil très profond. Oui, c'est ça! Je sortais d'un rêve merveilleux.

– So, how was it ? s'enquirent les types.

– Fuck you, scumbags! que je leur fis savoir ma façon de penser. Je veux retourner là-bas...et que ça saute!

Ils me dirent que j'en avais assez vu pour aujourd'hui et qu'ils recommenceraient demain, en me laissant cette fois une minute de plus dans l'éternité. Moi, j'aurais voulu y retourner tout de suite, de l'autre bord.

LA DEUXIÈME FOIS QUE JE SUIS MORT, soit le lendemain, j'ai franchi rapidement l'étape du flottement au-dessus de la table d'opération et j'ai été transporté à une vitesse fulgurante à travers un couloir plein de lumières de toutes sortes de couleurs (ça me rappelait L'Odyssée *de l'espace, le chef-d'oeuvre de Kubrick). Apparemment, on est accueilli dans l'au-delà par des parents, des amis, parfois même par des figures religieuses. Moi, vous comprenez, à titre de héros national des Québécois, je m'attendais à une réception grandiose, avec fanfare cosmique, choeur de saints, etc. Eh ben! Le personnage qui vint à ma rencontre était seul, mais il baignait dans une lumière éblouissante. Non, c'était pas le Bonhomme Carnaval. C'était la Sainte Vierge en personne, les copains! Oulala! S'il y avait un* star system *de l'autre bord, c'est sûr qu'elle ferait fureur. Une telle beauté, c'était pas croyable. Elle me dit, sans prononcer une parole (elle faisait de la télépathie) :*

— Bonjour, mon petit Dropaôtt!

— Salut, Sainte Vierge, que je répondis, tout intimidé. Comment va saint Joseph ? (Je ne savais trop quoi dire. Mettez-vous à ma place!)

Elle me prit par la main (c'est une figure de style, car j'étais complètement désincarné) et me conduisit dans un jardin merveilleux. Y avait là de tout, les amis! Des filles belles comme le jour, des maisons tout en or, des fruits et des légumes, des papayes et des olives.

La Sainte Vierge m'expliqua que le lieu était comme une gare de transit avant le départ définitif vers l'Infini. Ce que je voyais n'existait pas vraiment. Ce n'était qu'une transposition du réel pour que je ne sois pas trop dépaysé et pour donner le temps à mon esprit, encore tout plein d'images matérielles, de s'éveiller à l'immatériel.

— Vais-je rencontrer mon copain GM ? demandai-je.

La lumière qui illuminait les lieux devint plus vive et j'entendis :

— Mon cher Dropaôtt, as-tu été sage durant ta vie?

— C'est toi, père Noël ? que je m'enquis.

— Idiot! qu'il répliqua. C'est moi, Grand Manitou.

— Excuse-moi, GM! Eh bien! j'ai fait mon possible pour secourir la veuve joyeuse et l'orphelin bâtard.

La lumière se mit à vaciller.

— Quel est l'imbécile qui joue avec les plombs ? hurla

GM. Il ajouta, quand la lumière fut rétablie : Écoute, mon cher Dropaôtt, je crois que ton heure n'est pas encore venue. Peux-tu demander aux crétins qui s'amusent à te faire passer de vie à trépas de cesser leur petit jeu ? J'en ai marre de me déplacer pour rien. S'ils n'arrêtent pas, je vais leur envoyer mon Feu-au-cul : ils souffriront pendant sept fois sept ans d'hémorroïdes saignantes...

Le décor parut s'évanouir et je fus attiré vers le bas.

– Non, je ne veux pas partir.

Je braillais comme un veau.

La Sainte Vierge me donna un baiser et je refis le trajet en sens inverse.

Quand je suis revenu à moi, j'étais au comble de l'exaspération et de la dépression, J'engueulai les types comme des poissons pourris qu'ils étaient. Je leur transmis même la menace de GM, ce qui les refroidit un peu. Ils décidèrent d'attendre quelques jours avant de reprendre leurs expériences.

J'eus donc tout le temps voulu, entre deux crises de larmes (je vous jure que je voulais vraiment rester de l'autre bord), pour préparer mon évasion...

La face A de la cassette était terminée.

Nicole soupira. Moi aussi.

– Est-ce Dieu possible ? demanda-t-elle.

– Puisqu'il le dit, ça doit être vrai, répondis-je.

Le téléphone sonna. Je me précipitai vers l'appareil, souhaitant, sans trop savoir pourquoi, que ce fût Dropaôtt lui-même à l'autre bout du fil.

– Allô!

– Bonjour, ici la direction.

– Quelle direction ?

– Adam Décarie, le directeur. Écoutez, je crois que mon employé a téléphoné à l'escouade de la moralité, car trois hommes qui m'ont tout l'air d'être des détectives viennent de me demander le numéro de votre chambre. Ils montent chez vous. L'incident est regrettable...

– Merci!

Je raccrochai. Je me tournai vers Nicole, qui regardait le point d'exclamation qui scintillait comme une auréole au-dessus de ma tête et je grognai :

– Vite, fuyons!

Je saisis le magnétophone, je tirai sur le fil pour le débrancher, j'empoignai les cassettes que j'enfouis dans mes poches (ouch! ma main brûlée) et j'entraînai Nicole vers la porte. Comme nous quittions le couloir pour emprunter les escaliers, nous vîmes apparaître, du côté de l'ascenseur, trois hommes à la tronche très patibulaire : ce ne pouvait être que les frérots des merlans frits de tout à l'heure et non des flics de la moralité. Nous déboulâmes les escaliers et aboutîmes près du parking. Les drôles avaient posté un des leurs près de ma voiture. Nous dûmes prendre un taxi, rue Saint-Hubert.

– Où allons-nous ? s'enquit Nicole.

– Connais-tu une bonne planque ? demandai-je.

– Non.

– Eh bien! Tentons notre chance chez un de mes amis à Outremont.

Je fis arrêter le taxi près d'une cabine téléphonique et je téléphonai à mon ami, qui consentit à nous prêter son appartement. Comme il travaillait jusqu'à minuit, nous aurions tout le temps voulu pour écouter les cassettes. Il m'indiqua l'endroit où il cachait la clé de l'appartement.

Nous fûmes à Outremont en un clin d'œil (ou peut-être deux). Nous avions faim et le frigo était presque vide. Nous nous fîmes donc livrer du chinois par un restaurant japonais des environs, dont le proprio était un Thaïlandais et le cuisinier, un Pakistanais vivant dans la (bengla) dèche. Le propriétaire s'appelant Leu Tann, il avait baptisé son restaurant *Leu Tann Asia*, jusqu'à ce qu'on l'oblige à franciser sa raison sociale, ce qui donna *Leu Tann Asie*. Étonnemment, le changement de nom lui permit de tripler son chiffre d'affaires : plusieurs suicidaires se sont en effet mis à ne bouffer que chez lui, croyant que la nourriture était empoisonnée.

Tout en mangeant, nous mîmes en ordre les cassettes du Maître.

Voici, sans plus tarder, le récit *linéaire* de la disparition de Dropaôtt. Espérons que les méchants ne retrouveront pas notre trace avant la fin de l'audition.

Deuxième partie

LES CASSETTES DU
BOSTON-GATE

Tout commença au *Commensal*

It follows, then, that food should be the primary concern of even the most spiritual of mankind. Without food, no Christ or Buddha. Eating is being. Like other beings, man is a transformation of foods.

George Ohsawa
You are all sanpaku

(Autrement dit, celui qui mange de la m... n'est qu'un étron ambulant!)

Il y a environ deux semaines, un certain vendredi, je sortis de chez mon éditeur avec, en poche, un chèque de droits d'auteur qui ferait pâlir d'envie bien des écrivaillons ainsi qu'un substantiel à-valoir sur mon prochain bouquin. Je me rendis à la Caisse Pop la plus proche et je déposai par intercaisses cet argent brûlant dans mon compte de banque paroissial. J'errai ensuite dans la ville. J'entrai chez quelques marchands de journaux pour jeter un œil aux revues mais, surtout, pour faire tourner les tourniquets de livres, qui proposent un éventail complet – et toujours rapidement écoulé – de mes chefs-d'œuvre d'humour et de suspense (vous savez mieux que moi, chers dévoreurs de mes écrits, qu'en matière de bouquins, je fais davantage dans les petits pains chauds que dans les rossignols.)

*À la tabagie Adémar Melade, la couverture d'une revue attira mon attention. Pourquoi cette revue-là plutôt qu'une autre, parmi les centaines qui s'étalaient devant mes yeux ? Je ne saurais le dire. Peut-être en raison de la place incongrue qu'elle occupait entre deux revues cochonnes. Toujours est-il que cette publication au titre fort original (*QU'EST-CE QU'ON SE MANGE CE SOIR ?*) annonçait la tenue d'une importante conférence sur l'alimentation à Boston. Étonnamment, la nouvelle déclencha en moi un bip! bip! étrange. Était-ce mon intuition qui se rappelait à mon bon souvenir ? Était-ce la digestion laborieuse d'une soupe aux pois en boîte, avalée la veille, qui produisait ce bruit robotisé dans mon estomac de fer ? Eh bien, non! Ce n'était que mon téléavertisseur qui me faisait savoir qu'un appel urgent venait d'aboutir chez moi. Le bip! bip! m'invitait donc à appeler le service téléphonique, auquel j'avais donné la consigne de ne me bip-biper que pour les appels importants. Faut dire que si mon éditeur mettait un plus gros budget à ma disposition, je pourrais me procurer un tas d'autres gadgets américains (du genre* nitroglycérine mélangée à de la cire d'oreille – *vous faites une petite boule que vous projetez sur vos adversaires, qui explosent de joie en la recevant). Enfin...*

Avisant une cabine téléphonique qui faisait le trottoir au coin de la rue, j'appelai le service qui me communiqua le numéro de l'emmerdeur qui voulait à tout prix me raconter ses problèmes. Je composai le numéro et une voix que je ne reconnus pas me dit laconiquement :

— Rendez-vous au Commensal *à dix-huit heures.*

— Écoutez l'ami, répondis-je. Si c'est pour une enquête, vous vous trompez de porte. J'ai pris ma retraite il y a de cela quelque temps et je ne tiens pas à remonter dans l'arène. Je ne suis pas de ces types qui donnent un spectacle d'adieu tous les ans. Moi, quand je dis quelque chose...

— C'est une question de vie ou de mort, reprit l'autre.

— Si vous croyez que ce cliché va vous permettre de me fléchir, vous pouvez aller vous rhabiller, si toutefois vous êtes tout nu...

— Il s'agit d'un complot international...

— Ah! Là, par z'emple, vous me prenez par mon point faible : j'ai toujours rêvé de sortir de mon bled, de faire connaître mes talents incomparables à l'étranger, de nager en plein exotisme pour retrouver le secret de la vie éternelle dans la tribu des Grandes Babines, en baisant au passage des Yellow, des Red et même des Black Emmanuelle...Ah! Démasquer un savant fou au large des côtes (levées) de Hong Kong, reprendre possession à Istanbul d'un énorme diamant caché dans le nombril d'une danseuse du gros ventre, lutter contre l'Ombre des dents jaunes du méchant Chou-à-l'ail, retrouver au Pérou le trésor du grand Cé-Pa-Inca-Dô...

— Alors, vous acceptez ? m'interrompit la voix que je ne connaissais toujours pas.

— D'accord! Comment vous reconnaîtrai-je ?

— Le hasard s'en chargera! Dix-huit heures au Commensal*!*

Et mon interlocuteur culotté (il n'était donc pas tout

nu!) raccrocha.

J'étais bien avancé. Si vous voulez mon avis (et si vous ne le voulez pas, je vous le donne quand même), je craignais d'avoir été abusé et de tomber dans un guet-apens. Le Commensal n'est-il pas un restaurant où végètent un grand nombre de végétariens ? Voulait-on faire de moi un légume ? Je n'étais certes pas d'humeur à mourir par une si belle journée.

— Je n'irai pas! tentai-je de me persuader à moi-même en sortant de la cabine de papotage. Pourtant, mon instinct de chevalier serf-volant me chuchotait à l'oreille : « Fais ton devoir! » Quel dilemme! Je résolus de ne pas résoudre sur-le-champ une question aussi épineusement épineuse et je continuai à vaguer dans la ville, tout en méditant sur le destin de l'homme et autres conneries. Ma méditation fut fréquemment interrompue par une ingérence inopinée et inopportune du réel dans mes pensées abstraites : je dus en effet, à plusieurs reprises, faire du slalom sur le trottoir pour éviter les crottes de chien et les crachats de pochards. Ah la grande ville! Même qu'un chien égaré me suivit pendant un moment en me jappant après. Or, s'il y a quelque chose que je déteste, c'est bien un chien qui jappe. J'en eus rapidement marre de ses aboiements. Je me grattai donc l'intérieur de l'oreille et je roulai entre mes doigts une petite boule de cérumen, que je projetai vers l'animal. Il s'en approcha, la flaira et l'avala. Trois secondes plus tard, il explosa (eh oui! c'est de la nitro à retardement que j'ai dans l'oreille!)

Je consultai ma montre: dix-sept heures trente.

— Comme le temps passe vite! réfléchis-je à voix haute.

– À qui le dis-tu, mon jeune ? me lança une femme âgée en passant près de moi. Elle ajouta : Et le temps ne nous laisse aucune chance. Il faut toujours l'avoir à l'œil, sinon il nous joue de très vilains tours. Moi, par exemple, j'ai eu le malheur de détourner les yeux pendant un court moment. Eh bien! Le résultat, c'est qu'aujourd'hui, je suis une quinquagénaire dans la soixantaine.

Je remerciai la jeune vieille de son commentaire fort instructif et je hâtai le pas vers le Commensal. *Eh oui! Je ne pouvais résister à l'appel au secours de l'inconnu (qui d'entre vous vient de chuchoter: « Et à la perspective d'entreprendre une carrière internationale! » ? Pourquoi me prêtez-vous toujours des motifs égoïstes ? J'ai comme l'impression que vous faites de la projection, les amis!)*

Je me présentai au Commensal *à six heures pile. Je fis d'un regard circulaire le tour de la salle. Aucune tête ne semblait correspondre à la voix que j'avais entendue au téléphone. Comment m'y retrouver dans cette forêt de cheveux longs et de barbes broussailleuses? Un couple, qui m'avait sans doute reconnu, me salua de la tête. Les autres clients, penchés sur leur assiette ou le regard fixé au loin, perdu dans quelque Infini triangulaire, ruminaient leur salade ou mâchonnaient leurs céréales. Je cherchai une place libre pour y attendre mon loustic. Je me rendis compte qu'il n'en restait qu'une à une grande table où étaient assises six personnes qui paraissaient n'avoir en commun que la bouffe végétarienne. Était-ce là le hasard qu'on m'avait promis ? Je me chuchotai dans le creux de l'oreille :*

« Comme dirait le Christ en parlant de son cousin

décédé : " *Lazare fait bien les choses!* " »

— La place est-elle libre ? demandai-je à mes futurs commensaux.

— Jusqu'au moment où tu y seras assis, me répondit un type qui mangeait une salade de germes de luzerne. Il avait d'ailleurs la barbe tellement fournie qu'il lui arrivait d'avaler des touffes de poil tout en bouffant son gazon.

Je m'assis donc et j'attendis, le regard tourné vers la porte.

— Si tu veux manger, tu dois aller chercher ton repas au fond du restaurant, me dit une belle fille au teint d'albâtre et aux seins énormes qui gonflaient (au point de le faire éclater) un mince t-shirt rouge. C'est comme une cafétéria ici, compléta-t-elle en m'adressant un sourire charmant. Un peu plus et elle me prenait par la main pour me conduire au buffet. J'appris plus tard que les gros seins sont souvent associés à un goût prononcé pour les produits laitiers et que les gens friands de ces produits sont en général des anxieux qui projettent leur insécurité sur les autres – d'où leur grande serviabilité et, chez les femmes, un développement exagéré du sentiment maternel. Je sais que tu ne seras pas d'accord avec moi là-dessus, ma belle Nicole (la compagne de Dropaôtt, d'un geste automatique, croisa ses bras sur sa poitrine, comme pour en dissimuler la plénitude), *mais si tu y réfléchis bien, tu verras que j'ai raison...*

Je répondis à la fille que j'attendais quelqu'un et que je ne mangeais pas tout de suite. Alors, le type qui était assis à ma gauche (cheveux frisés, barbe, vêtements sobres; il devait avoir une cinquantaine d'années, mais il n'en paraissait que trente-

trois) et qui lisait un journal se tourna vers moi. Sans prononcer une parole, il me fit voir discrètement une note qu'il avait écrite dans la marge de l'éditorial : téléphonez à 600-5901. Chut!

Tous ces mystères commençaient à m'agacer sérieusement. Je me levai néanmoins et je me rendis près des toilettes, où un téléphone public était accroché au mur. Je composai le numéro qu'on m'avait donné. Un message enregistré me répondit :

— Bonjour, monsieur Papartchu! Veuillez excuser tous ces détours, mais comme je suis surveillé, je dois être très discret. Je vous résume la situation : je m'appelle Gilles L'Hévent, je suis biochimiste. J'ai fait récemment une découverte extraordinaire. C'est une bombe sur le monde occidental. Plusieurs multinationales semblent impliquées. Je dois tout révéler à la conférence sur l'alimentation qui aura lieu à Boston dans les prochains jours. Or, depuis que j'ai publié, dans la revue Québec Science, *des articles faisant état des résultats préliminaires de mes recherches, je suis étroitement surveillé. Qui pis est, depuis que j'ai annoncé ma participation à la conférence de Boston, j'ai été menacé de mort au téléphone et mon logement a été visité deux fois par des gens qui voulaient sans doute entrer en possession de mes travaux. Je crois que les révélations que j'ai à faire dérangent trop de monde. Comme je tiens malgré tout à me rendre à Boston, je vous prie de m'accorder votre protection. Vous pourriez m'accompagner et me protéger pendant toute la durée de mon séjour. Je ne veux utiliser ni l'autobus, ni le train ni l'avion, car je suis persuadé que ceux qui en veulent à ma vie*

n'hésiteraient pas à sacrifier des innocents pour me faire disparaître. Il faudrait par conséquent effectuer le trajet en voiture. Enfin, un ami qui habite Québec doit aussi m'accompagner aux États-Unis. Nous pourrions donc nous rendre à Boston en passant par la Beauce, ce qui nous permettrait peut-être de tromper la vigilance de ceux qui me surveillent...

— Autrement dit, ronchonnai-je, il veut faire de moi un garde du corps et un chauffeur...

— C'est à peu près cela, M. Papartchu, poursuivit la voix enregistrée. Je sais que vous êtes trop qualifié pour l'emploi, mais vous êtes la seule personne assez robuste...

— ...Une grosse brute, pour ainsi dire! interrompis-je.

— Ah! Tout de suite les grands mots. Enfin! Vous êtes la seule personne...de votre genre, dont l'intégrité ne peut être mise en doute. Acceptez-vous la mission ?

— Ça demande réflexion.

— M. Papartchu, le temps presse. Acceptez-vous cette mission ?

— Oui, je le veux.

— Bien! Vous pourrez me prendre à minuit-l'heure-du-crime à l'angle de Berri et Sherbrooke.

— D'accord!

— Le message que vous venez d'entendre se détruira automatiquement dans cinq secondes.

Cinq secondes plus tard, j'entendis à l'autre bout du fil le bruit d'une chasse d'eau. Une odeur plutôt nauséabonde pénétra tout de suite après dans mes narines par le combiné. Je raccrochai et je retournai à ma place en me disant que cette *histoire ne sentait pas très bon.*

Mon bonhomme avait disparu. La fille aux grosses mamelles me dit :

– Il est parti, votre « client »! Je peux vous être utile ?

– Non merci, mademoiselle! Soyez cependant assurée que, si jamais je ne sais plus à quels saints me vouer, je n'hésiterai à venir me blottir entre les deux vôtres.

Elle me sourit. Je quittai les lieux, bien déterminé à prendre ma cuite traditionnelle avant de commencer le boulot. Une question se posait toutefois : comment prendre une cuite et dégriser avant minuit ? Il était déjà six heures trente. Je laissai à la Providence le soin de régler ce détail pratique. Avec tout ça, je n'avais pas encore mangé.

« Que dirais-tu d'une cuite gastronomique ? » m'enquis-je à moi-même. Je discutai un peu, mais je finis par faire l'unanimité avec bibi. Je dirigeai donc mes pas vers le chic restaurant Beaulac, qui était d'ailleurs situé près de mon lieu de rendez-vous. J'y engouffrai : une fondue parle-moi-z'en, un bœuf trompe-la-malchance (ou goure-guignon) et une double portion de gâteau forêt noire. *Le tout fut profusément arrosé de deux Dubonnet avec glaçons, de deux bouteilles de Château Henri Huine au millésime de mil neuf cent tranquille ainsi que de deux cafés espagnols, préparés avec art à ma table par le* maître de. *On me remit l'addition sous la table, où je cherchais je ne sais plus trop quoi.*

Je retournai la cassette et Dropaôtt poursuivit.

Titubant à peine, je roulai jusqu'à la sortie pour prendre le frais. Il était vingt-deux heures trente.

Tout près de là, un cartomancien, assis sur une chaise

de toile au fond du trottoir, proposait ses services aux passants. Au-dessus de lui, collé au mur, il y avait un écriteau : CHARLES HATAN, chiromancie. Le loustic était en train de dire la bonne aventure à un type en imper qui n'avait pas l'air trop brillant et qui s'appelait Éric Crochet :

— Votre ligne de vie est longue. Vous allez vivre longtemps. Votre ligne de coeur me dit que vous avez un grand coeur. Par contre, l'absence de votre ligne de tête...

Charles Hatan hésita, puis demanda :

— Faites-moi voir votre autre main. Ah! L'absence de cette main indique que vous êtes manchot...

— Moignon donc! répliqua l'autre. Et il partit sans payer.

Quand je passai près de lui, Charles Hatan m'interpella :

— Une petite consultation, monsieur ? Sans même regarder vos mains, je peux dire que vous êtes passablement saoul.

— Moi zaoul ? rétorquai-je. Gonnais-tzu la ffrase qui détermine szi tdé zaoul ou pas ? Ben moi, j'la gonnais. Egoute bien ça : sous sa chemise, l'archiduchesse a-t-elle les fesses sèches, archisèches ? Hein ? Tdu vois bien qu'ju pas zaoul!

Et je poursuivis ma route en pestant contre le maire de Montréal et le service de voirie :

— Peuvent pas les mettre droits, leurs maudzits trottoirs!

Allais-je me libérer à temps des vapeurs de l'alcool ? Une fois de plus, mon copain GM eut pitié de moi et se chargea de me dégriser, du moins en partie. J'arrivais près de la gare d'autocars, bien décidé à faire le tour du pâté de maisons jusqu'à minuit, quand mon téléavertisseur se fit entendre.

J'entrai aussitôt dans la gare et je me mis en communication avec l'importun : un interurbain à Québec, dont je fis virer les frais.

— Ah! Monsieur Papartchu, je suis si heureux que vous ayez appelé. Vous savez, j'ai absolument besoin de votre aide. Il faut que vous veniez tout de suite à Québec. C'est une question de vie ou de mort...

— Vous pourriez changer de disque...

— On en veut à ma vie...

— Oui, oui! Je pars justement pour Québec ce soir. Nous pourrons prendre un verre. Vous verrez que votre problème n'est pas si grave. Et puis, j'ai déjà un boulot à accomplir.

— M. Papartchu, quand je vous aurai tout raconté, vous laisserez sûrement tomber l'autre enquête. Il s'agit d'un complot international. L'avenir...

Je dessaoulais à vue d'œil.

— Écoutez, on m'a déjà fait le coup ce matin. Alors, n'insistez pas, s'il vous plaît! Donnez-moi vos coordonnées.

— Je m'appelle Gilles L'Hévent.

— Quoi ?

— J'ai dit que je m'appelle Gilles L'Hévent.

— Bon! Qu'est-ce que c'est que cette comédie, mon vieux ? Tu ne m'as pas attendu ?

— Il y a sûrement un malentendu, reprit l'autre.

Je commençais à voir des petits zoiseaux.

« Maudit alcool! » me dis-je à moi-même. « Voilà que ma vie se dédouble au complet. »

— Bon! lançai-je au type. Je ne suis pas tout à fait dans

mon assiette, ce soir. Redonnez-moi votre numéro de téléphone à Québec et je vous appellerai dès mon arrivée.

Je notai le numéro et j'assurai le type de mon appui. Cet appel étrange m'avait fait perdre au moins la moitié de mon ivresse. Je n'y comprenais goutte. Je décidai de jouer au type qui ne sait rien et de laisser le temps démêler tout ça. Si des petits drôles s'apprêtaient à me jouer un vilain tour, je le saurais bien assez tôt.

À minuit, je faisais monter Gilles L'Hévent à l'angle de Berri et Sherbrooke, après être passé à la maison prendre quelques frusques.

— Tu as ton permis de conduire ? lui demandai-je.

— Oui, pourquoi ?

— Eh bien! Tu vas prendre le volant. J'ai bu un peu ce soir et il vaut mieux que je ne conduise pas.

Il s'exécuta et nous partîmes pour Québec. Durant le trajet, j'essayai de le faire parler de sa vie et, surtout, de sa fameuse découverte. Il n'était pas très loquace.

Il faisait chaud. C'était l'été et les grillons zingzignaient leurs amours sur leurs pattes de derrière. Les chauves-souris se tapaient un petit souper aux lucioles et faisaient mouche presque à tout coup.

Comme nous approchions de Drummondville, une intuition brillante traversa la brume visqueuse de mon ivresse et vint percuter mon cortex. Je dis à Gilles :

— Au fait, je ne te connais pas, vieux! Tu me confies un boulot, comme ça, sans même me fournir de références de ta vieille nourrice ou de ton prof de géographie de cinquième année. Qu'est-ce qui m'assure que toi, c'est bien toi ?

Je m'attendais à ce qu'il rétorque, l'air faussement surpris : « Douterais-tu de mon identité ? », ce qui aurait été la preuve qu'il n'était pas le vrai Gilles. Mais il déclara plutôt :

— Tu as raison! Ouvre ma valise et prends les exemplaires de Québec Science *qui sont sur le dessus. Tu n'as qu'à te reporter aux articles que j'ai publiés.*

Je m'exécutai. Les articles étaient accompagnés de photos de Gilles. Je comparai avec l'original, qui tenait le volant à côté de moi et je dus me rendre à l'évidence : il n'y avait aucune différence.

— Satisfait ? s'enquit-il. Veux-tu voir aussi des pièces d'identité ?

— Non, non! que je répondis, honteux et confus, jurant mais un peu tard qu'on ne m'y reprendrait plus (merci, ti-Jean De! C'est bien la première fois que tu interviens opportunément.)

— Que dirais-tu de faire un arrêt à Drummondville pour prendre un café ? demanda Gilles.

— D'accord! répondis-je, rasséréné.

Assis au comptoir et reluquant les petites serveuses pendant que mon copain allait aux vécés, je luttai contre le sommeil et ce qui me restait d'ivresse en avalant coup sur coup deux cafés très noirs. En faisant pivoter mon siège, je me rendis compte qu'un miroir m'offrait une vue imprenable sur le couloir menant aux toilettes. Un téléphone public était accroché au mur entre les portes Messieurs *et* Dames. *Sans cette glace providentielle, je n'aurais pas pu voir Gilles en train de téléphoner. Il gesticulait en parlant et son visage passa bientôt de l'assurance tranquille à la panique. Il reprit cependant son air impassible et raccrocha. J'avais la nette impression que ce type me faisait des cachotteries.*

Il revint dans le restaurant et me dit :

— J'ai oublié quelque chose dans la voiture. Je reviens tout de suite.

Il sortit. Le temps passa et mon loustic ne se repointa pas. Je commençais à être inquiet. Je réglai l'addition et je me précipitai vers ma bagnole. Gilles n'était pas à l'intérieur. Je regardai sous la voiture, au cas où il aurait eu envie de s'étendre au frais pour roupiller un peu, mais il n'était pas là non plus.

— Bon Dieu! S'il s'était fait kidnapper. Gilles! Gilles ! criai-je à tous les échos.

— Ta gueule! me répondirent en chœur tous les échos.

Je montai dans ma bagnole et je constatai que la valise de mon ami avait également disparu. Il était une heure trente. Je mis le contact et, à la lumière des phares, j'examinai les alentours. Je tournai en rond pendant un petit bout de temps en vain. Pas de Gilles à l'horizon, sauf peut-être...oui, là-bas, sur l'accotement, un point pâle se déplaçait sur le visage de la nuit. La nuit en était d'ailleurs plutôt gênée. J'éteignis mes phares et je roulai rapidement, mais prudemment, vers le point en question. Plus je me rapprochais, plus le point ressemblait à un mec qui courait, une valise à la main. Gilles se retourna et vit ma voiture. Il se jeta dans le fossé et poursuivit sa course à travers champs.

Je m'arrêtai et je descendis de voiture.

— Hé Gilles! criai-je. On n'a pas le temps de jouer à cache-cache.

Pas de réponse. Son comportement me paraissait tellement bizarre que je crus bon, avant de me mettre à sa poursuite, de me munir d'un de mes flingues.

Gilles avait un peu d'avance, mais il ne tenait pas la forme comme votre bibi chéri. En moins de temps qu'il n'en faut pour crier ce que vous voudrez, je rejoignis le fuyard. Je lui sautai dans les jambes et l'immobilisai sous mon poids.

— Non, mais t'es dingue ou quoi ? que je lui dis en reprenant mon souffle.

Je lui pointai mon flingue dans le visage.

— Tu vas m'expliquer ce qui se passe ou je te fais un troisième trou de nez.

Voici ce qu'il me raconta quand je le ramenai à la voiture en le tenant solidement par le collet :

— Ça faisait partie d'un plan. Je ne suis pas Gilles L'Hévent.

— Mais tu lui ressembles bougrement!

C'est alors qu'il se déchira littéralement le visage. En fait, il se débarrassa d'une sorte de masque qui lui avait donné une tête à la Gilles L'Hévent. Sous le masque, il y avait une tête de Monsieur Tout-le-monde.

— Et t'es sûr que ta tête de Monsieur Tout-le-monde ne cache pas un autre visage ? que je lui demandai.

Il ne répondit pas et poursuivit son récit pathétique.

— Nous avions mis la main sur le vrai Gilles L'Hévent que nous retenions prisonnier à Québec. Comme nous voulions nous débarrasser de lui et, du même coup, de toi...

— Pourquoi moi ? Qu'est-ce que j'ai fait ? demandai-je innocemment.

– Y a des gens qui ont juré d'avoir ta peau.

– Ah bon! Continue.

– Notre plan était simple. J'entrais en contact avec toi en me faisant passer pour Gilles L'Hévent. Sous prétexte d'aller chercher un ami, je t'entraînais à Québec. Une fois là-bas, je disparaissais en te laissant une adresse où tu pourrais me retrouver. À cette même adresse se trouvait prisonnier le vrai Gilles. On l'avait enfermé, mais en laissant à portée de main un revolver muni d'un silencieux. On l'avait également informé qu'un type viendrait bientôt l'abattre. Le type, c'était toi. Tu te serais pointé là-bas et, de deux choses l'une : soit le vrai Gilles t'aurait tué, croyant que tu étais son meurtrier, soit tu aurais été plus rapide que lui et c'est toi qui l'aurais descendu. Peu importe le résultat, nous étions gagnants.

– Mais le plan n'a pas fonctionné, hein ?

– En effet. J'ai appris tout à l'heure au téléphone que le vrai Gilles a réussi à prendre la clé des champs.

Nous étions arrivés à la voiture. C'était l'instant crucial.

– Pour qui travailles-tu ? m'enquis-je.

– Je ne peux pas te le dire.

Il suait à grosses gouttes. Je lui mis deux ou trois taloches.

– Tu vas me dire le nom de tes patrons, sinon gare à ta fraise!

– D'accord. Je vais parler. Mes patrons, c'est...

Au même moment, j'entendis un sifflement dans l'air humide et un bruit sec dans le dos de Gilles. Mon ex-copain ouvrit la bouche comme un poisson hors de l'eau qui cherche *de l'oxygène et, en battant l'air de ses bras, il tomba sur moi. C'est alors que je constatai qu'il avait une lance fichée dans le dos.*

— Ah non! gueulai-je, comme ça, en déposant le moribond à terre. Je déploie des efforts surhumains pour ne pas verser dans l'éculé et dans l'archicliché et voilà qu'à la première occasion, on me sert des séquences de films policiers de série Z. Le truc de la main criminelle qui tue le bandit repentant qui s'apprêtait à se mettre à table, j'ai vu ça dans trois ou quatre mille films...

Je jetai un coup d'œil à la lance.

— Une lance en plus! continuai-je. Comme dans les péplums ou les films de Zoulous...

Qui pis est, il s'agissait d'une sagaie africaine, peinte et ornée de plumes de taie d'oreiller.

— Non, mais...hurlai-je. Ça va pas, la tête ? Qu'est-ce que cette arme vient faire au Québec, sur l'autoroute 20 ? Y avez-vous pensé, bande de crétins ?

J'entendis alors un galop de chameaux. Mes ennemis fuyaient les lieux de leur crime sans répondre à mes questions.

Je n'avais plus rien à faire là. Je remontai dans ma voiture et, après avoir prévenu les flics de la présence d'un macchabée sur l'autoroute, je repris celle-ci jusqu'à Québec...

La première cassette était terminée. Pendant un moment, nous épiâmes, Nicole et moi, le lourd silence en quête d'un bruit suspect. Tout était calme.

Captivés par le récit de Dropaôtt, nous ne pouvions attendre plus longtemps la suite. J'introduisis aussitôt la deuxième cassette et je remis l'appareil en marche.

....

(Concours *Trouvez le meilleur titre.*
À gagner : l'admiration de tous vos copains.)

> *Quiconque se met à table devant un steak de 200 g a
> autour de soi 30 à 40 « fantômes » ayant devant eux une
> assiette vide. Cet exemple illustre le coût en protéines
> nécessaire pour fabriquer 200 g de viande : chacune des
> 30 à 40 personnes aurait droit à un plat de céréales lui
> donnant une ration protéique convenable.*

Stella et Joël De Rosnay
La mal bouffe

*Dès mon arrivée à Québec, j'appelai le vrai Gilles. Il se
planquait dans Limoilou.*

*— Je passe te prendre, me permis-je de le tutoyer, vu que
j'avais déjà fait la connaissance de son sosie.*

*— Je t'attends, osa-t-il me tutoyer afin de mettre le héros
national des Québécois à sa portée.*

*Moins de quinze minutes plus tard, je faisais monter
celui qui, apparemment, faisait trembler bien du monde. Gilles
L'Hévent était le portrait tout craché du type qui avait abusé de
ma confiance quelques heures plus tôt et qui avait été*

sévèrement puni. Tout le long du trajet vers mon petit motel habituel, boulevard Sainte-Anne, ça me démangea de lui pincer la peau du visage pour vérifier s'il ne portait pas lui aussi un masque. Je lui racontai ma petite aventure avec le faux Gilles. Il me dit :

— Il faut s'attendre à tout avec ces gens-là. En vérité, rien ne les arrêtera. Ils savent que j'ai découvert leur combine et ils n'auront de cesse qu'ils m'aient réduit au silence.

— Écoute! Moi, je veux bien t'aider, mais je n'aime pas du tout me battre contre des inconnus. Alors, tu vas me dire illico qui c'est les ils *dont tu parles.*

— Il s'agit soit d'une équipe de durs à la solde des consortiums internationaux auxquels je m'attaque, soit de membres de la CIA. Dans le second cas, la situation serait extrêmement grave, car elle supposerait la participation du gouvernement américain au complot.

— Et cette fameuse découverte ? Vais-je enfin savoir de quoi il retourne ?

— En temps et lieu. Pour l'instant, l'important est de se mettre à l'abri pour la nuit et de partir tôt pour Boston demain matin.

Nous arrivions au motel. Comme nous avions peu de bagages, nous devions passer pour des tantes à la recherche d'une couchette. Le préposé à la réception – un nouveau qui ne me reconnut pas – se méprit d'ailleurs sur nos intentions :

— Je regrette, nous dit-il, mais faudra vous trouver une autre cage aux folles!

— Et toi, répliquai-je, si tu ne me loues pas sur-le-champ une chambre avec deux lits, je te fais goûter à mon pied au cul!

– *Je disais ça pour rire, reprit le jeunot. J'ai déjà vécu une expérience homosexuelle et ça m'a littéralement empalé! Ha! ha! ha!*

– *Alors, cette chambre ?*

Il me fit remplir la fiche et me remit la clé.

– *Papartchu Dropaôtt ? s'écria-t-il en voyant le nom que j'avais inscrit. Vous êtes vraiment lui ?*

– *Eh oui! C'est on ne peut plus moi.*

Il se confondit en excuses et me pria de bien vouloir lui signer un orthographe. *J'accédai volontiers à sa demande, puis je montai à la chambre avec le copain Gilles.*

Sitôt arrivé, j'ouvris ma valise et j'en tirai une bouteille de cognac à étoiles variables (leur nombre augmente à mesure que la bouteille se vide, surtout si le contenu est consommé par une seule personne en une seule séance.)

– *Tu ne devrais pas boire autant, me reprocha Gilles. Chaque verre détruit des milliers de cellules du cerveau.*

– *Tu m'en diras tant! lançai-je avant de me taper une grande gorgée à même la bouteille.*

– *As-tu déjà vu un cerveau de pochard ?*

– *Non, je n'ai jamais été indiscret à ce point.*

– *Il est habituellement rongé aux trois quarts par l'alcool. Il a la taille d'une grosse orange.*

– *C'est sans doute pour ça qu'après une cuite, j'ai des courants d'air dans la boîte crânienne, dis-je pour meubler la conversation.*

Gilles préféra changer de sujet. Il me raconta comment il avait été fait prisonnier et l'astuce dont il avait usé pour s'évader. Il était plutôt intelligent, ce type!

Nous décidâmes bientôt d'interrompre notre entretien, car l'heure avancée avançait dangereusement et nous devions partir pour Boston à 7 h 30.

Trois heures et demie de sommeil plus tard, je me levai, je fis mes exercices, je méditai, je pris une douche et, après avoir réveillé mon copain, qui dormait à poings ouverts, je descendis à la salle à manger où je commandai une demi-douzaine d'œufs au miroir et un pot de café. Gilles vint bientôt me rejoindre.

– Tu ne manges pas ? m'enquis-je.

– J'ai mangé.

– Quand ?

– Avant de descendre. J'ai dans mon sac des boules de riz que j'ai eu le temps de préparer hier soir chez mon ami en prévision du voyage.

– Tu dois être plutôt faiblard si tu ne bouffes que du riz!

– En vérité, le riz est l'aliment le plus complet qui soit. Je parle naturellement du riz brun et non du riz blanc, qui a été raffiné et traité chimiquement. Les bienfaits du riz sont innombrables, notamment pour purifier le sang et accroître la lucidité.

– Moi, avant que je me mette à bouffer des graines d'oiseau...

– Les pressions économiques obligeront bientôt l'humanité à modifier son alimentation et à revenir aux céréales. Nous devrons abandonner la viande. Seules les céréales pourront assurer la subsistance de la planète entière.

– Bon! Si on y allait, dis-je pour mettre un terme à son cours agro-politique.

Il acquiesça et, quelques minutes plus tard, nous prenions la direction du pont Laporte. Le ciel était des plus clairs et le soleil d'été nous faisait des risettes. Quel beau temps pour voyager!

La circulation était fluide en ce samedi matin.

Quand nous traversâmes le pont, Gilles tira une petite clé qu'il me remit.

— Elle donne accès à un coffret de sûreté à la Caisse populaire Notre-Père-Quillet-Zôssieux à Montréal. Tous les résultats de mes recherches s'y trouvent. Si jamais il m'arrivait quelque chose, j'aimerais que tu te charges de les faire publier.

— Ça ne me dit pas en quoi consiste le complot dont tu as découvert la trame, insistai-je. Faudrait bien que mes lecteurs finissent par connaître le fin mot de l'histoire...

— Tes lecteurs ? demanda Gilles, étonné.

— Eh oui! Figure-toi que je leur fais écouter présentement un enregistrement qui raconte notre aventure.

— Qu'est-ce qui te permet d'affirmer que tu vas enregistrer ce récit ?

— Mais le simple fait que mes lecteurs sont en train de le lire. Hein, les copains ? N'est-ce pas que vous êtes en train de lire un bouquin intitulé La Mort aux dents *? Je me tournai vers Gilles : Écoute! Faudrait tout de même pas semer le doute dans leur esprit fragile en soutenant qu'ils NE SONT PAS en train de lire le bouquin qu'ils ont entre les mains, simplement parce que, au point où nous en sommes, il n'est pas encore certain que j'en rédigerai le contenu de vive voix enregistrée.*

— Je comprends, dit-il. Eh bien, pour les satisfaire, je vais te révéler ce que je sais sur la menace la plus terrible qui

ait jamais pesé sur l'humanité depuis l'invention de la bombe atomique...

– Bravo! applaudis-je verbalement, en me gardant bien de retirer mes mains du volant. Voilà une intro comme je les aime! Vas-y, mon vieux! Je t'accorde cinq minutes ou 540 centimètres de ruban ou encore deux pages et demie en unités livresques.

Gilles inspira profondément et commença :

– Mes parents sont tous deux morts très jeunes des suites d'un cancer. Leur perte m'a cruellement éprouvé et j'ai juré à l'époque de devenir un chercheur et de découvrir le remède à cette terrible maladie. Grâce à un oncle riche, j'ai pu poursuivre mes études jusqu'au doctorat. Pourtant, plus j'étudiais, plus je me rendais compte que la Science erre complètement. On cherche en effet un remède au cancer sans se préoccuper des causes. C'est d'ailleurs ce qui m'a amené à m'interroger sérieusement sur la valeur de la médecine symptomatique occidentale, trop souvent à la solde des grands trusts pharmaceutiques et qui, en négligeant de s'attaquer à la racine des troubles pathologiques, est en train de créer une société esclave des médicaments. En vérité, j'avais de plus en plus l'impression que le monde fonctionne à l'envers.

Ma démarche pour résoudre le problème du cancer m'a bientôt amené à me pencher sur l'alimentation. Je me suis mis à dévorer tous les bouquins qui traitent de régimes, jusqu'à ce que je tombe sur les œuvres de George Ohsawa. J'y ai trouvé une véritable mine de renseignements à laquelle se rattache une philosophie qui remonte à des milliers d'années. Force me fut de constater que toutes les maladies, quelles qu'elles soient, *résultent d'une mauvaise alimentation, laquelle provoque un état d'esprit malsain, lui-même générateur de troubles pathologiques et d'accidents. En vérité, la Science, avec sa batterie de produits raffinés, préservés chimiquement, a créé un enfer dans lequel nous nous débattons sans entrevoir d'issue possible. Nous attribuons nos maux à la société, au stress, à tout ce qui est extérieur à nous, au lieu de nous préoccuper de la chose qui importe : NOUS SOMMES CE QUE NOUS MANGEONS. Pourtant, ce principe est tellement simple – trop simple peut-être pour des gens comme nous qui ont perdu le contact avec leur corps, avec leur milieu naturel et avec l'essence même des choses. Si nous examinons les statistiques américaines, nous constatons que, non seulement la MOITIÉ de la population des États-Unis souffre de maladies chroniques, mais qu'il n'y a que 13 % des Américains qui n'ont absolument aucune déficience physique. N'est-ce pas extraordinaire ? Nous avons à ce point perdu contact avec la réalité que nous tenons pour NORMAL un tel état de choses. Nous nous glorifions de l'allongement de l'espérance de vie chez les Occidentaux, sans nous rendre compte, comme le dit si bien le naturaliste français H. Charles Geffroy, que* c'est la durée de la vieillesse qui s'accroît, et non celle de la jeunesse. *Or, il a été prouvé que la plupart des maladies incurables, si elles sont prises à temps, peuvent être guéries par une simple modification de l'alimentation. Par maladies incurables, j'entends le diabète, le cancer et même certaines maladies mentales, qu'on aggrave par les médicaments.*

– Et le complot ? demandai-je.

– J'y arrive ! Notre régime nutritionnel est

principalement bipolaire : sucré et salé. C'est en étudiant le rapport entre les aliments préparés les plus prisés des Occidentaux et la nature de nos organes que j'ai pu saisir toute l'ampleur de la machination dont nous sommes les victimes. En vérité, ma découverte n'en est pas une, puisque le principe est déjà mis en pratique par ceux qui ont la mainmise sur l'industrie de l'alimentation. Je crois d'ailleurs que le phénomène fait un peu partie de l'ordre des choses – autrement dit, il est né des circonstances –, mais son exploitation éhontée ne peut être le fruit du hasard. Les gens qui en profitent sont même disposés à faire disparaître tous ceux qui voudraient mettre en garde la population...

Un barbu, sac au dos, faisait du stop sur l'accotement. Il tenait à la main un bout de carton sur lequel il avait écrit sa destination : Saint-Georges. Gilles me dit :

– Fais-le monter!

– Et le reste de l'histoire ? m'écriai-je. Tu ne vas tout de même pas me raconter la suite en présence de ce type ?

– Bien sûr que non!

– Alors, vaudrait mieux le laisser là où il est.

– Nous devons rendre service aux autres chaque fois que nous le pouvons. D'ailleurs, ce jeune homme fait partie de ma destinée.

– Comment ? m'enquis-je, étonné au cube.

En me rangeant sur l'accotement pour faire monter l'auto-stoppeur, j'ajoutai :

– Connaîtrais-tu la suite de l'histoire ?

– En vérité, je ne connais pas l'avenir, mais je peux déduire de certains signes l'orientation qu'il prendra.

Le barbu ouvrit la portière arrière.

– Vous allez à Saint-Georges ?

– Et même plus loin, répondis-je. Hâte-toi de monter avant que nous ne nous fassions attaquer par les bêtes fauves.

Le jeunot eut un peu de mal à entrer dans la voiture, car le point d'interrogation qui lui avait poussé sur le dessus du crâne ne passait pas. Il se décida enfin à baisser la tête et put monter.

Je redémarrai et repris l'autoroute de la Beauce. Je jetai un coup d'œil sur notre passager par le rétroviseur : très chevelu et maigrichon, il évoquait ces arbres africains dont je ne me rappelle plus le nom et qui ressemblent à de grandes perches avec un pompon au bout.

– C'est quoi cette histoire de bêtes fauves ? demanda notre compagnon de voyage.

– C'est rien, répondis-je. Un gag que je fais de temps à autre.

– Ah bon! Et vous allez où ?

– À Boston.

– Les grandes villes sont habitées par le Malin, reprit le jeunot avec des yeux fous.

– Eh bien! À malin, malin et demi, lançai-je pour plaisanter.

– Il ne faut pas se moquer, répliqua notre hôte, qui se mit à fouiller fébrilement dans son havresac à la recherche de je ne sais trop quoi. Comme il ne trouvait pas ce qu'il cherchait, il vida presque tout le contenu sur le siège arrière, laissant même tomber sur la moquette des livres, des bocaux de différentes tailles, des chaussettes et des slips rapiécés. Enfin, il

tira d'un des compartiments un petit crucifix qu'il brandit en gueulant :

– Prions le Seigneur!

C'est par cette phrase très évocatrice que se terminait la face A de la cassette. Je la retournai et Dropaôtt poursuivit :

Je disais donc que le jeunot brandit son crucifix et gueula : Prions le Seigneur!

– Baisse cette arme! lui ordonnai-je aussitôt (l'habitude, vous comprenez!) Et j'ajoutai, pour ne pas lui laisser le temps de reprendre les esprits qui le possédaient : Inutile de finasser avec moi, mec! J'en ai connu de plus coriaces. Ce n'est pas pour rien que j'ai roulé mes bosses et mes plaies un peu partout au Québec. Car moi, je ne me suis jamais agenouillé sur commande. Et puis mon copain ne s'appelle pas « Seigneur », mais « Grand Manitou ». (A-t-on déjà ouï discours plus incohérent ?)

– Tu es donc de souche amérindienne ? demanda le jeune en abaissant son crucifix.

– Je ne sais pas si je suis de la souche, du tronc ou d'ailleurs mais, chose certaine, je n'ai que faire de tes simagrées. Moi, j'ai une ligne directe avec Là-Haut, tu saisis ? Et ce, à titre de héros national des Québécois...

– Tu es donc Papartchu Dropaôtt ?

– En personne.

Il se mit à trembler.

– Alors, je vais descendre.

– Pourquoi ? demanda calmement Gilles.

– Parce que cet homme est mauvais. C'est le Malin déguisé pour mieux tromper la population. Sa vie en témoigne :

il boit, il baise à tout venant...

— Hey ! Capote pas, bonhomme ! m'écriai-je dans la langue des jeunes de sa génération.

— Il a un peu raison, suggéra Gilles.

— Quoi ? Et toi, tu l'approuves ? rugis-je.

— Nous devons prier le Seigneur, reprit le jeune.

— Écoute, toi ! hurlai-je. Et d'abord, quel est ton nom ? J'en ai marre de t'appeler jeunot.

— Mes parents m'ont donné le nom de Matthieu Lebeau...

— Lebeau est toujours bizarre, philosophai-je.

— ...mais j'ai été rebaptisé Ézéchiel, compléta-t-il.

— Ézéchiel, le prophète aux machines volantes ?

— Oui.

— Pourquoi t'ont-ils attribué ce nom ? Parce que t'es toujours dans les nuages ? Et puis, quelle est cette tribu qui rebaptise les gens à la mode de l'Ancien Testament ?

— Les Côtepentistes.

— Eh bien ! Laisse-moi te dire que tu es sur une très mauvaise pente ou une très mauvaise côte ou même les deux, soulignai-je.

— C'est le Malin qui parle par ta bouche, répliqua-t-il.

— Et comment te nourris-tu ? demanda Gilles.

L'autre resta silencieux pendant un moment, comme s'il n'avait pas saisi la question, puis il dit :

— De légumes et de fruits, crus la plupart du temps, ainsi que de noix.

— La nourriture des singes, reprit Gilles. En vérité, ce qui a permis à l'homme de s'élever véritablement au-dessus de

l'animal, c'est le feu, donc la cuisson des aliments. Ce sont aussi les céréales, qui constituent l'aliment le mieux adapté à l'être humain, qui devrait en faire le plat principal de chacun de ses repas. Car les céréales (par céréales, j'entends les grains complets, cuits tels quels ou réduits en farine et en pain, et non les saloperies raffinées sans valeur nutritive qu'on vend dans les marchés d'alimentation) figurent au sommet de l'évolution végétale comme nous figurons nous-mêmes au sommet de l'évolution animale. Ton alimentation est donc carencée. Elle affaiblit l'organisme et le rend plus passif. Voilà pourquoi tant de végétariens, insécurisés par des régimes inadéquats se jettent à corps perdu dans le sectarisme religieux de certains groupes qui les prennent en charge et leur dictent jusqu'au comportement qu'ils doivent adopter dans la vie.

Il murmura à mon intention : Le complot à l'envers...

Encore eût-il fallu que je susse ce qu'était le complot pour savoir ce que ça donnait à l'envers! Enfin...

Au cours des minutes qui suivirent, Gilles discuta avec Ézéchiel des vertus des céréales et d'un régime équilibré. Mon copain Gilles était vraiment un type formidable. De sa voix douce, il s'insinuait lentement dans le coeur de l'autre. Ézéchiel se défendait en citant des versets de la Bible. Gilles répondait avec d'autres versets, montrant qu'il connaissait très bien lui aussi le Grand Livre des Belles Histoires du Pays du Très-Haut.

— Ils s'emparèrent de villes fortifiées/et d'une terre grasse;/ils héritèrent de maisons/regorgeant de tous biens,/de citernes déjà creusées, de vignes, d'oliviers,/D'ARBRES FRUITIERS à profusion:/ils mangèrent, ils se rassasièrent, ils engraissèrent. *(NÉHÉMIE, IX, 25), déclama Ézéchiel.*

Gilles riposta aussitôt :

— Toi qu'on a nommé Ézéchiel, tu dois bien connaître ceci : Prends donc du froment, de l'orge, des fèves, des lentilles, du millet et de l'épeautre: mets-les dans un même vase et fais-t'en du pain. *(ÉZÉCHIEL, IV, 9).*

Etc., etc.

Tout en les écoutant, je me demandais dans mon petit coco si Ézéchiel n'était pas un espion à la solde de nos ennemis. J'en vins même à m'interroger sur l'identité de Gilles. Était-il un autre masqué, de connivence avec le Côtepentiste ? Leur divergence de vues n'avait-elle pour but que de me donner le change (un dollar vingt-cinq en pièces de dix cents), jusqu'à ce qu'ils jugent le moment favorable et qu'ils m'envoient en douce rejoindre mon défunt père au Purgatoire.

Malgré mes réticences (qui a dit : « Et sa paranoïa...» ? Hein, qui a dit ça ?), je résolus de faire aveuglément confiance à Gilles.

J'en étais là de mon monologue intérieur quand, au détour de la route, un peu passé Sainte-Marie, un deuxième stoppeur qui, lui, se rendait de toute évidence (c'était marqué sur son carton) aux USA, apparut dans le décor.

— Fais-le monter, dit Gilles.

— Un autre qui fait partie de l'histoire, grommelai-je.

— Exact.

— Et ça va durer encore longtemps le recrutement d'apôtres ? m'enquis-je. Au train où nous allons, faudra bientôt noliser un autocar. Si au moins y avait des gonzesses...

— Tu devrais faire preuve d'un peu plus d'altruisme, me

reprocha mon copain.

— Ça va, ça va! ronchonnai-je en immobilisant la voiture près du stoppeur, qui s'empressa de monter.

— Vous allez à Cape Cod ? demanda-t-il.

— Non, mais nous t'y conduirons volontiers, lançai-je. Tu as de la veine, mon vieux! Tu viens de monter dans le Taxi du Bonheur.

Gilles éclata de rire.

— C'est pas drôle! maugréai-je.

Le nouveau venu, qui n'avait pour tout bagage qu'un gros sac de voyage en cuir comme en possèdent les sportifs, aida Matthieu-Ézéchiel à ramasser ses affaires sur le siège arrière, puis il s'installa confortablement. Notre deuxième passager était à l'opposé du premier. Autant Ézéchiel était grand, frêle et dans les nuages, *autant l'autre était trapu, solide et volontaire.*

— Alors, nouveau venu, comment t'appelle-t-on?

— Thomas Kériotte! répondit-il. Et vous autres ?

Gilles fit les présentations. Thomas ne réagit pas à la mention de mon nom. La rumeur de mes exploits n'avait peut-être pas encore atteint son patelin reculé.

— Qu'est-ce qui t'amène aux États-Unis ? demandai-je.

— Vois-tu, commença-t-il en ponctuant son discours d'un mâchement de chewing-gum plutôt bruyant, j'suis champion de machine à boules. Sans nous laisser le temps de faire le moindre commentaire, il ajouta : Ça vous écœure, hein ?

— Si peu, si peu, répondis-je. Ça m'en prend beaucoup plus pour me faire vomir!

N'ayant pas — ou feignant de ne pas avoir — saisi

l'ironie, il poursuivit en roulant dans sa bouche une boule de gomme grosse comme une balle de ping-pong : Eh bien, mes vieux! J'ai entendu dire qu'y avait un tournoi international de flippers à Cape Cod. Alors, j'm'en vas défendre nos couleurs, comme y disent aux nouvelles du sport (il prononçait sport *à l'anglaise).*

— Et quelles sont-elles, ces couleurs ? m'enquis-je.

— Voyons, Chose! répondit-il. C't'une esspression, ça! Pis dans une esspression, c'est tous les mots ensemble qui veulent dire que'que chose; les mots tout seuls veulent rien dire. Tu comprends c'que j'veux dire ?

— C'est clair comme de l'eau de roche! répondis-je.

— Tu vois, c't'une autre esspression, ça. De l'eau de roche, ça existe pas, tout le monde sait ça. Mais si tu dis : C'est clair comme de l'eau de roche, les gens vont comprendre.

— Savais-tu que l'eau de roche, c'est de l'eau de source très limpide ? rétorquai-je. D'où l'expression...

— Ah ben là, j'comprends plus! Pour revenir à nos moutons... Encore une esspression! Je disais donc que je m'en vas à Cape Cod pour un tournoi...

— Est-ce ton gagne-pain ? demanda Gilles.

— Quoi donc ?

— Les flippers...

— C'est drôle à dire, mais c'est en plein ça! Voyez-vous, je travaille pour les Amusements Parthénon inc., qui ont le monopole de la location des machines à boules pour toute la région de Québec. On loue les machines, pis moi je collecte l'argent. J'fais aussi les réparations quand elles sont brisées. Comme je suis toujours près des machines, j'ai le temps de me

pratiquer. Mon boss me laisse faire parce qu'il a pour son dire qu'y a rien de mieux pour la publicité que d'avoir un champion de machine à boules dans la bizenesse. Mon boss, c'est un Grec. Iskarès Onaniss, qu'il s'appelle. J'sais pas s'il est parent avec le grand amateur *qui a épousé la veuve de Kennedy. En tout cas, mon boss, c'est un professionnel, pas un amateur. Ha! ha! ha!*

Nous traversâmes bientôt Vallée-Jonction, tout en continuant de suivre les méandres de la rivière Chaudière. Un beau pays que la Beauce...s'il n'y avait pas les Beaucerons, de vrais fous du volant qui considèrent la route 173 comme une piste de courses. Une voiture me doubla dans une courbe à 130 km/h. Plus loin, un type déboucha d'une route secondaire sans regarder, comme s'il était le seul citoyen de la région à posséder une bagnole. Je faillis l'emboutir. Par bonheur, grâce à mon extraordinaire maîtrise du volant, je pus passer entre le type et un gros fardier qui venait en sens inverse. Trois ou quatre centimètres de jeu de chaque côté. Nous l'avions échappé belle. Étonnamment, durant cette manœuvre périlleuse, Gilles ne broncha pas d'un poil. Je me dis que c'était comme un témoignage qu'il rendait à mes réflexes parfaits et à mes nerfs d'acier. Par contre, à l'arrière, Ézéchiel s'était mis les mains devant les yeux en criant : « Prions le Seigneur! » pendant que Thomas gueulait : « Ça, c'est du sport! » *(en prononçant* sport *à l'anglaise, comme de raison).*

Nous entrâmes bientôt dans St-Joseph. L'accident évité de justesse, mais aussi la bande de cinglés que je transportais, m'avaient mis les nerfs en peau, à fleur de boule. J'envisageai sérieusement de faire un petit arrêt pour me dégourdir les jambes. L'occasion se présenta à la sortie de la ville : en face d'un poste de la Sûreté du Québec s'élevait une brasserie baptisée L'Escogriffe *(y avait-il un rapport avec la proximité des flics provinciaux ?)*

— Première station : Dropaôtt se tape deux bonnes bières pression, déclarai-je à mes passagers.

Gilles fronça les sourcils.

— En vérité, cet arrêt n'est pas très indiqué, lança-t-il.

Ce ne fut pas l'avis de Thomas qui s'écria :

— Youppie! Là, tu parles, Chose Papartchou!

— Papartchu! corrigeai-je. Papartchu Dropaôtt.

— En tout cas, tu tombes dans mes goûts pareil.

— Encore une machination du Malin, marmonna Ézéchiel.

Je garai la voiture devant la brasserie et je descendis en déclarant :

— Qui m'aime me suive!

— Moi, j'te suivrais jusqu'en enfer, dit Thomas pour narguer Ézéchiel.

Ce dernier tira de nouveau son crucifix de son havresac et s'exclama :

— Prions le Seigneur!

Il se rendit compte qu'il était seul dans la voiture. Il descendit et alla s'asseoir au soleil, près de l'entrée, en ronchonnant : Jamais je n'entrerai dans ce lieu de perdition!

Gilles, Thomas et moi étions attablés dans la petite salle. Un gros serveur s'approcha de notre table, qu'il essuya symboliquement avec un torchon, et prit la commande :

— Deux fois mon père, lui dis-je.

– *Pareillement! enchaîna Thomas.*

– *Rien pour moi, termina Gilles.*

Le serveur retourna à son comptoir, d'où il fit couler, avec les gestes automatiques d'un gars qui n'a fait que ça depuis qu'il est né, le jus doré du houblon, eau bénite des Québécois. Il revint avec quatre verres qui, heureusement, n'avaient pas de cernes autour du col. Nous payâmes et notre hôte repartit.

– *Je me demande s'il est prudent de laisser Ézéchiel seul dans la voiture, dis-je après avoir savouré la première gorgée de bière.*

– *Voyons, reprit Gilles. C'est un Côtepentiste. Je ne peux croire que ce garçon est malhonnête.*

– *J'vas aller voir, moi! lança Thomas. Il se leva aussitôt et sortit.*

Quand il fut parti, je me penchai vers Gilles et je lui dis:

– *Bon, maintenant tu vas m'expliquer ce que ces types font dans l'histoire, dont tu sembles connaître tous les fils.*

– *Je n'ai jamais dit ça. Mon intuition me porte à croire qu'ils ont un rôle à jouer dans cette aventure.*

– *Et, d'après ton intuition, y a-t-il un méchant parmi eux?*

– *Je ne sais pas.*

Thomas revint.

– *Le capoté est assis près de l'entrée. Il dit qu'il ne veut pas pénétrer dans ce lieu de perdition. Faut-y être fou, hein ?*

– *Pourquoi parles-tu ainsi de quelqu'un que tu connais à peine ? demanda Gilles doucement.*

L'autre baissa la tête, ouvrit la bouche pour parler,

préféra avaler une grande gorgée de bière puis, se tournant vers moi, il dit:

— Sont-y tous capotés de même, tes chums ?

— Seulement quand ils voyagent*, répondis-je en riant.*

Mes bières terminées, j'allai faire un tour aux toilettes. La cabine était couverte de graffitis. L'un d'entre eux m'amusa beaucoup. Un type (un touriste, sans doute) avait écrit : « Où il est le hot spot *à St-Joseph ? », ce à quoi un petit malin avait répondu : «T'es assis dessus! ».*

Nous étions prêts à reprendre la route. Nous sortîmes tous trois de la brasserie.

Surprise! Ézéchiel n'était plus là.

La cassette était terminée. Toujours aucun bruit dans l'appartement. Ma main brûlée me faisait moins mal. Nicole me dit dans un souffle :

— Vite, la suite!

Nerveusement, j'introduisis une nouvelle cassette dans le magnétophone, que je remis aussitôt en marche.

Les États-Unis d'Amérisques (zé périls)

Schwab (naturaliste allemand, auteur de La Cuisine du Diable*) a calculé que, dans le monde en général, « tout être humain vivant dans un pays civilisé avale chaque jour 2,6 grammes de produits chimiques. Parmi ces produits figurent en bonne place : l'acide cyanhydrique, l'arsenic, le plomb, le cuivre, le salpêtre, l'acide borique, la paraffine, les colorants à base de goudrons; si la dose annuelle était absorbée en une seule fois, l'humanité serait brusquement réduite de moitié. »*

Paul Leduc
Vos aliments sont empoisonnés

Ézéchiel s'était donc envolé.

— Pas de panique! m'écriai-je en m'adressant *visiblement à Gilles et à Thomas qui, en fait, étaient aussi calmes que des momies.*

— Ses bagages sont toujours dans la voiture, lança Thomas.

— Où est-il alors ? m'enquis-je.

J'obtins aussitôt la réponse. Le Côtepentiste sortit de derrière la brasserie en remontant la fermeture éclair de son pantalon.

— J'ai l'impression qu'il est allé se passer un « Dieu-seul-me-voit », railla Thomas.

— Voyons! dit Gilles sur un ton réprobateur.

— Alors, que faisais-tu là-bas ? demandai-je à Ézéchiel quand il nous rejoignit.

— Ben, j'suis allé pisser, c't'affaire!

— Au cas où tu ne le saurais pas, il y a des toilettes dans la brasserie.

— Moi entrer là-dedans ? Jamais!

Nous poursuivîmes donc notre voyage. Gilles, qui désirait bavarder avec Ézéchiel, sans doute pour le gagner à sa cause avant que nous n'arrivions à Saint-Georges, décida de s'asseoir avec lui à l'arrière de la voiture. J'eus donc pour compagnon de route à l'avant l'incrédule Thomas, champion de machines à boules *de son état.*

Aussitôt installé, Thomas se mit à jouer avec les boutons de la radio. Nous dûmes subir pendant un moment les airs folkloriques d'une station beauceronne. La musique m'empêchait de suivre la conversation entre Ézéchiel et Gilles. Elle était plutôt animée à en juger par les mimiques des deux compères. À l'avant, Thomas claquait des doigts pour rythmer la musique, tout en continuant à mâchouiller son chewing-gum.

Beauceville, que nous traversâmes en coup de vent, puis les abords de Saint-Georges. Un petit pont franchissait la rivière Famine (quelle idée de donner un nom pareil à un cours d'eau ? De quoi foutre la guigne à toute la région!) Ensuite, les rues de Saint-Georges-Est. Ces types-là se croient sans doute à New York, car la première plaque de rue que j'aperçus indiquait : 195e rue.

« Ils doivent commencer à 190, » me dis-je. « Ah ces Beaucerons! Toujours le mot pour rire. »

– Je vais descendre ici, lança Ézéchiel quand nous arrivâmes au centre-ville.

Je me rangeai au bord du trottoir. Notre passager ramassa ses affaires et, après nous avoir dit un timide « au revoir », il descendit et disparut dans le paysage.

Je repris la route.

– Alors, l'as-tu convaincu, le Côtepentiste ? demandai-je à Gilles.

– De quoi ?

– De manger des graines d'oiseaux!

– Tu manges des graines d'oiseaux ? demanda Thomas.

– Non! répondit Gilles. Dropaôtt me taquine. Je préconise plutôt un régime alimentaire à base de céréales. Au fait, de quoi te nourris-tu, jeune homme ?

– Oh moi, j'suis pas difficile : un Big Mac et un Coke, ça fait mon affaire!

– À alimentation standardisée, robotisée correspond un comportement standardisé, robotisé, lança Gilles sur un ton badin.

Thomas ne répondit pas. Il avait déjà l'esprit ailleurs. Il se remit à jouer avec les boutons de la radio :

– Sacrifice! Pas moyen d'avoir un poste qui fait jouer de la musique rock, maugréa-t-il.

Gilles se pencha vers moi en s'appuyant au dossier de mon siège et me dit tout bas :

– Observe bien le manque de concentration chez les

jeunes. C'est le sucre qui en est la cause. Leur esprit est incapable de se fixer. Sache que le sucre blanc est une drogue. Toutes proportions gardées, il s'apparente même au LSD : les deux ne sont en effet que des produits chimiques. En vérité...

— Tu n'as pas répondu à ma question, l'interrompis-je. *As-tu convaincu l'ami Ézéchiel ?*

— Eh bien! En vérité, je crois avoir semé en lui quelque chose qui germera peut-être selon les circonstances. Ézéchiel est un ancien drogué. Ces personnes sont très malléables et très insécures. Elles sont facilement récupérées par des sectes religieuses rigides qui leur offrent un sein maternel *sécurisant. Je lui ai parlé de ma conférence et de mes recherches. Je ne sais pas s'il a compris...*

— Maudit que j'ai hâte d'être aux States! s'exclama Thomas. *Eux autres, au moins, y font de la bonne radio (il* prononçait rédiô*).*

— En attendant, je vais te faire écouter de la belle musique, dis-je. J'avais envie de l'asticoter un peu. J'enfonçai la cassette déjà à moitié introduite dans l'appareil que j'avais fait installer sous la radio et, aussitôt, un air divin s'exhala des haut-parleurs, coupant le son métallique d'une chanson à la mode.

— Qu'est-ce que c'est que ça ? s'enquit Thomas, qui n'en croyait pas les orteils qui lui servaient d'organes de perception auditive.

— Ça, comme tu dis, c'est le Quintette en mi bémol pour piano et vents, *opus 16, de Ludwig Van Beethoven,* déclamai-je, sûr de mon effet.

— Bétoveune, tu dis ? Je le connais. C'est lui qui a

composé la Fifth Symphony Disco *qui a été un gros hit, il y a quelques années. Mais je savais pas qu'il était rendu dans la musique de cimetière. J'ai jamais compris comment les musiciens faisaient pour jouer ces trucs-là jusqu'au bout sans s'endormir.*

Gilles riait à s'en décrocher les mâchoires. Moi aussi, je trouvais la réaction des plus amusantes.

Dans le temps de ne pas le dire, nous avions dépassé St-Côme et nous approchions d'Armstrong, dernier village avant la frontière. Il était neuf heures trente. Une deuxième cassette tournait : Concerto pour piano et orchestre n° 3 en do mineur, opus 37, *du même Ludwig Van (vous savez combien j'aime le bonhomme!) À l'arrière de la voiture, Gilles relisait les notes de son intervention à la conférence de Boston tandis qu'à l'avant, boudeur, Thomas faisait semblant de dormir. Il tenait à tout prix à nous montrer que la musique* classifique, *comme il disait, ça sert uniquement de somnifère aux vieilles perruques.*

Armstrong... Deux ou trois maisons en plein bois.

Je fis le plein, puis je roulai jusqu'à un petit restaurant appelé Chez Jeanne.

– Ouais! Ça va bien me prendre un gallon de café pour me réveiller! exagéra Thomas en se précipitant hors de la voiture. Sacrifice, les gars! Vous faites de la cruauté mentale!

– Quand nous serons aux États-Unis, tu écouteras ce que tu voudras, lui dis-je en le suivant dans le casse-croûte.

Je tins la porte ouverte pour Gilles, qui me suivait. Comme il n'entrait pas, je me retournai et je le vis jeter un petit paquet dans une poubelle qui se trouvait à proximité. Le geste me parut mystérieux, mais je refusai de m'inquiéter.

Nous nous assîmes au fond du restaurant, près d'une fenêtre avec vue sur la route. Je commandai un café. Thomas prit également un café, qu'il accompagna d'un sandwich-aux-oeufs-laitue-mayonnaise. Soulevant une des tranches de pain, il saupoudra son oeuf avec une généreuse couche de sel et engloutit le tout sans grimacer. Puis, il avala d'un trait son café ou, si l'on veut, le sirop qu'il avait concocté en vidant dans la tasse deux godets de crème et cinq sachets de sucre.

— Comment peux-tu manger des trucs pareils ? demanda Gilles qui, comme de raison, n'avait rien commandé.

— Ben quoi ? s'exclama Thomas, surpris. Qu'est-ce que tu veux dire ?

— Je parle du sel et du sucre que tu ajoutes à tes aliments. Tu ne trouves pas que tu exagères ?

— Non.

— D'abord, l'excès de sel paralyse les reins. Surtout le sel raffiné qui contient des additifs chimiques dont les effets à long terme ne sont pas connus. Tu ajoutes à cela une quantité incroyable de sucre. Or, le sucre blanc est un poison qui n'a aucune valeur nutritive. Il bouffe même le calcium des os et des dents. Il ne nourrit donc pas l'organisme, il l'épuise. Le regain d'énergie qu'il procure dure environ deux heures; il est suivi d'un effondrement, apparenté à un état dépressif, auquel on ne peut remédier qu'en absorbant une nouvelle dose. Et je ne parle pas des effets néfastes de cette drogue sur les fonctions du cerveau comme la concentration et la mémoire.

— Moi, je crois pas ces affaires-là, répliqua Thomas. Si c'était vraiment du poison, tout le monde serait malade, non ?

— Savais-tu que le coût de la maladie au Québec en 1970

était de plus d'un milliard de dollars. Savais-tu que 48 millions d'Américains actuellement vivants seront victimes du cancer ?

Thomas ne savait quoi répondre. Il éluda la question :

– Anyway, on va tous mourir un jour ou l'autre. Alors, pourquoi on se priverait ?

– Tu admettras tout de même qu'il y a toute une différence entre un homme qui meurt de mort naturelle à soixante-dix ans et un autre qui meurt au même âge mais après avoir agonisé pendant quinze ans en souffrant de diverses maladies.

– En tout cas, moi, j'en crois rien! Thomas-l'incrédule avait parlé.

Gilles se tourna vers moi.

– Et toi ? Commences-tu à comprendre un peu ?

– Tu connais ma devise, qui est d'ailleurs celle de Marx: DE OMNIBUS DUBITANDUM (douter de tout). La dégénérescence physique actuelle de l'être humain – notamment en Occident – est un fait indéniable. Il suffit de se balader dans les grandes villes pour constater ce triste état de choses : dos voûtés, visages ravagés et déformés, augmentation de la débilité sous toutes ses formes. Mais je ne crois pas que l'alimentation soit le seul facteur. N'oublions pas le stress, la pollution, etc.

– Un être qui s'alimente sainement peut beaucoup mieux affronter le stress et la pollution. Avant toute chose, NOUS SOMMES CE QUE NOUS MANGEONS.

– Sacrifice, les gars! Vous pourriez pas parler de choses moins compliquées. Vous allez me donner mal à la tête. Je suis pas capable de vous suivre, moi!

Gilles se tourna vers Thomas et lui sourit.

— Rassure-toi, mon exposé est terminé. Dropaôtt a maintenant en main toute l'information que je voulais lui communiquer. Comme il est très intelligent, il saura en tirer les conclusions qui s'imposent.

J'avoue que je n'étais pas beaucoup plus avancé en ce qui concerne le complot. Enfin! Si Gilles avait dit que j'étais assez intelligent pour conclure, ça devait être vrai, non ? (Qui vient de chuchoter : « Faut-il qu'il soit épais ? » Hein ? Qui ? N'essayez pas de vous défiler, j'ai très bien entendu. Bon! Personne ne se lève ? Eh bien! Vous me copierez trois cents fois : « L'épais, c'est moi! » Non, non! Je n'ai pas dit que l'épais, c'était moi...Ah et puis, merde! Allez donc vous faire cuire...ce que vous voudrez.)

— On y va ? dis-je à voix haute.

Nous nous levâmes, payâmes à la caisse et sortîmes. Plus qu'une vingtaine de kilomètres avant la frontière. Nous reprîmes la route.

Étrangement, le petit bonhomme qui a l'habitude de faire sonner des cloches dans ma tête pour m'indiquer qu'un problème a été résolu était plutôt nerveux. Il ne cessait de m'envoyer le message suivant : DANGER! DANGER! DANGER! J'avais beau lui expliquer que tout allait pour le mieux dans le meilleur des mondes, il ne voulait rien entendre.

Je regardai dans le rétroviseur mon copain Gilles qui continuait de relire ses notes. Puis, j'observai furtivement Thomas qui jouait avec les boutons de la radio. Quel danger pouvais-je donc courir ? N'étais-je pas entouré de types honnêtes au carré ? Je résolus donc de ne pas tenir compte des avertissements de mon petit bonhomme et de poursuivre, comme si de rien n'était, mon petit bonhomme de chemin.

Nous arrivâmes au poste-frontière à dix heures quinze.

Je fis un arrêt au poste canadien pour déclarer mes trois revolvers. On nota mon numéro de permis de port d'arme et on me souhaita un agréable séjour au pays de l'oncle Sam.

Au poste américain, je sentis tout de suite que quelque chose clochait. Deux gardes frontaliers s'approchèrent de la voiture. Au lieu de poser les questions habituelles, ils me prièrent de ranger la voiture un peu plus loin, puis ils nous prièrent gentiment de sortir. Pendant qu'un des types nous conduisait au poste, trois de ses copains (quatre si on compte le chien-sniffeur-de-drogue qui les accompagnait) se mirent en devoir de fouiller ma bagnole.

À l'intérieur du poste, je m'adressai au grand chef et je tentai de lui tirer les vers du nez : avions-nous été choisis au hasard ou faisions-nous l'objet d'une dénonciation ?

Le grand chef s'appelait Motusse « Butch » Kouzue. Rien à tirer de lui — pas même un petit alexandrin qu'il aurait eu, comme ça, dans l'une de ses narines. Quand il ouvrit la boutche, ce fut pour nous proposer — sans possibilité de refus — un examen minutieux de nos personnes, lequel examen comprenait naturellement la séance de panorama sur Belœil *ou, si vous préférez, la fouille anale. Nous étions, c'est le cas de le dire, en fort mauvaise posture.*

Je commençais à croire qu'il y avait de l'Ézéchiel là-dessous.

La face A était terminée. Je retournai la cassette et la voix de Dropaôtt se fit de nouveau entendre.

Je disais donc que nous étions en fort mauvaise posture...

Par bonheur, la fouille fut vaine (eût-il pu en être autrement, dans mon cas du moins ?) Nous dûmes cependant attendre (angoissés au possible) le résultat de l'autre fouille.

— Ton avis là-dessus ? demandai-je à Gilles.

— Nous n'avons rien à craindre, répondit-il.

— C'est quoi, cette histoire-là ? s'enquit Thomas. Êtes-vous des pushers ? S'il fallait en plus que je sois accusé de possession de drogue...En tout cas, je dirai que je vous connais pas. La preuve, c'est que vous m'avez obligé d'écouter de la musique classifique et tous mes amis vont témoigner que je hais ça à mort!

Au bout d'une demi-heure, les gardes revinrent bredouilles. On nous fit mille excuses. Il s'agissait apparemment d'une grossière erreur.

Dix minutes plus tard, nous roulions dans le Maine en direction de Boston.

Nous avions eu chaud.

— Alors, les gars, c'était vraiment une erreur, hein?

— Pas du tout, répondis-je. Sauf que leur plan a échoué. Je me demande encore pourquoi.

— Le plan de quoi ?

— Il est préférable que tu ne te mêles pas de ça, Thomas, intervint Gilles.

— J'ai le droit de savoir, répliqua l'autre. C'est ma sécurité qui est en jeu. J'ai pas envie de me retrouver en prison, moi!

Gilles décida de lui expliquer en gros de quoi il

retournait. Quand il eut terminé, Thomas mâchouillait son chewing-gum à vitesse accélérée.

— Sacrifice, si j'avais su...

— Libre à toi de descendre et de poursuivre ta route avec quelqu'un d'autre, lui dis-je.

— Ouais, c'est bien le temps, maintenant qu'on est aux States. Anyway, j'ai jamais aimé changer de cheval en plein milieu de la course, comme ils disent dans le sport...

— C'est comme tu veux!

— Qu'est-ce qu'ils cherchaient au juste, les gardes ? demanda Thomas.

— De la drogue, sans doute!

Je me rappelai alors le paquet que Gilles avait jeté à la poubelle à Armstrong.

— Tout s'éclaire! m'écriai-je. Et m'adressant à Gilles : c'est toi qui t'en es débarrassé, hein ?

Il opina du chef.

— Mais alors, comment as-tu deviné qu'Ézéchiel était à la solde de nos ennemis ?

— Une intuition. Il avait l'air sincère, mais il était tellement nerveux. On lui a sans doute fait croire que son geste permettrait d'éliminer des suppôts de Satan. En vérité, je savais que nos adversaires imagineraient des manœuvres de ce genre. Nous nous attendons à une attaque frontale. Or, il était beaucoup plus simple de me faire inculper de possession de drogue (ce qui aurait ruiné ma réputation) que de m'éliminer purement et simplement. Cela ne te fait-il pas penser à l'histoire du faux Gilles ?

— Tu as raison, mais une simple intuition, c'est plutôt

mince comme point de départ.

— Mes soupçons s'appuyaient aussi sur quelques faits : le havresac qu'Ézéchiel a vidé sous nos yeux et qui lui permettait de glisser subrepticement le paquet sous l'un des sièges avant; son refus de nous accompagner à la brasserie; son départ plutôt précipité.

— Une chose me turlupine cependant.

— Laquelle ?

— Pourquoi as-tu dit qu'Ézéchiel faisait partie de l'histoire ? Tu savais donc que c'était un traître ?

— Non, mais comme je me doutais bien qu'on nous préparait un mauvais coup, je me suis dit qu'Ézéchiel pouvait en être l'instrument. En ne le faisant pas monter, nous obligions nos adversaires à ourdir une autre machination qui aurait peut-être été plus difficile à déjouer.

— Tu ferais un excellent détective privé, lançai-je, un peu dépité.

J'avoue que je lui en voulais un peu de faire preuve d'une telle perspicacité. Répondant à mon monologue intérieur, Gilles me dit :

— Tu n'as pas à m'en vouloir. Si j'étais aussi génial que tu le penses, je ne t'aurais pas prié de m'accompagner à Boston. Tu demeures dans mon esprit l'un des meilleurs enquêteurs au monde. Il est certain, cependant, que si tu buvais moins et que tu mangeais mieux, tu ne tarderais pas à devenir LE meilleur...

— Encore vos histoires de mangeaille, protesta Thomas. Y a pas rien que ça dans la vie, sacrifice!

— Y a les machines à boules et la musique rock, ironisai-

je.

Thomas se renfrogna. Je repris :

– Alors, tu n'écoutes pas la rédiô *? Tu manques peut-être le dernier* hit *américain.*

Le champion se fit un peu tirer l'oreille, pour la forme, comme un grand enfant qu'il était, mais il se remit bientôt à jouer avec les boutons de la radio...jusqu'à ce qu'il tombe sur un vieux tube d'Olivia Newton-John : Magic.

Come take my hand...You should know me...I've always been in your mind.

Oh Olivia, si jamais tu entends cet enregistrement, sache que tu es, après ma Nicole, l'une de mes meilleures préférées ou quelque chose du genre. Si je m'appelais Popeye, je dirais même sans hésiter : « Y a rien comme de se farcir une Olive! »

You know I will be kind... I'll be guiding you...

« Ah oui, guide-moi, belle Olivia, jusqu'à la victoire finale! » monologuai-je comme ça, tout en écoutant la chanson.

Eh bien! Vous me croirez si vous voulez, mais à peine avions-nous quitté le village de West Forks qu'une fille ressemblant comme deux gouttes d'eau à ladite Olivia apparut sur le bord de la route. Elle faisait du stop.

– Ah! ah! m'écriai-je en me pourléchant les babines comme le gros méchant loup. Voilà enfin de la chair fraîche!

Je m'apprêtais à me ranger pour faire monter la poupée quand Gilles me dit :

– Tu ne devrais pas.

– Et la charité chrétienne dont tu me vantais, pas plus tard que tout à l'heure, les vertus incomparables ? dis-je, sûr

de mon effet.

Son seul et unique commentaire fut :

– Je t'aurai prévenu.

Tout se déroula en quelques secondes. La fille s'approcha de la voiture, fit mine de se pencher vers la portière avant, du côté de Thomas, et, la glace étant baissée, elle jeta un objet sur la banquette, après quoi elle s'éloigna à toute vitesse et plongea dans le fossé. Gilles sursauta. Quant à Thomas, rapide comme l'éclair au chocolat qu'il avait engouffré la veille avant de se coucher, il saisit l'objet et le retourna à l'expéditeur tandis que je démarrais dans un nuage de poussière. Une fraction de seconde plus tard, une explosion se fit entendre et des éclats de grenade vinrent étoiler la lunette arrière.

Je freinai et je sortis de la voiture, revolver au poing, afin de m'expliquer avec cette fille qui venait de manquer au plus élémentaire savoir-vivre. Je l'entendis râler dans le fossé. Quand j'arrivai près d'elle, je constatai que plusieurs éclats de grenade avaient fouillé ses chairs. Ses vêtements (veste et pantalon en denim, t-shirt blanc) étaient maculés de taches écarlates qui grossissaient à vue d'œil. Je me penchai sur elle :

– Are you OK ? demandai-je comme ça, ne sachant trop comment engager la conversation.

– Don't you see I'm gonna die, dummy ? qu'elle me répondit, fort peu gentiment.

– If there's anything I can do…, insistai-je pour lui rendre service.

– Yes, you can!

– What is it ?

– Get out of my sight! Your fucking face looks like the bottom of a garbage can and I don't want to be sick before I die. Is that clear ?

Si je comprenais bien, elle voulait que je me retire car la vue de mon visage splendide lui faisait trop regretter la vie.

– What is your first name ? m'enquis-je afin de tirer d'elle le maximum d'informations avant son départ pour l'au-delà.

– Get lost!

– Oh! That's a nice first name! (Beau prénom, vous ne trouvez pas : Vatefairfoutre.) And how old is your grandmother?

– ...(gargouillis dans sa gorge)

– Now, tell me who you are working for.

– My ass!

C'est sur ce « mon cul! » plein de tendresse qu'elle s'éteignit. Quel dommage! Une si belle fille. Comme je lui passais la main dans le visage pour lui fermer les yeux, je me rendis compte que sa peau avait une texture un tantinet caoutchouteuse. Encore une ruse! Je déchirai le faux visage d'Olivia Newton-John et je découvris dessous une tête à la Frank Sinatra. Comme le corps qui appartenait à cette tête avait des seins – et combien délicieux! oserais-je dire, si je ne risquais pas d'être accusé de nécrophilie – je supposai que Frank Sinatra me cachait aussi des choses. Je déchirai donc le deuxième masque et je vis apparaître une copie plus ou moins conforme de Farrah Fôsslette.

Gilles et Thomas m'avaient rejoint.

– Elle est morte ? s'enquit Thomas.

– *Oui, répondis-je. Et si tu ne me crois pas, tu n'as qu'à mettre tes mains dans ses plaies.*

– *A-t-elle parlé avant de mourir ? demanda Gilles.*

– *Elle a marmonné des phrases sans suite, mentis-je à plein nez. Je repris aussitôt : Faudrait pas s'attarder. La détonation a peut-être été entendue.*

Nous retournâmes à la voiture. Avant de monter, Gilles me dit tout bas :

– *Thomas a beaucoup plus de présence d'esprit que je n'aurais cru. Son temps de réaction est phénoménal.*

– *N'oublie pas qu'il est champion de machines à boules.*

– *C'est vrai! N'empêche que, si tu m'avais écouté, tout ça ne serait pas arrivé.*

Je lui saisis le bras et grommelai :

– *Dis-moi ton secret!*

– *Quel secret ?*

– *Comment devines-tu les intentions des gens ? Qu'avait-elle de particulier, cette fille, pour que tu me déconseilles de la prendre à bord ?*

– *Je ne devine rien, je déduis. Chacun connaît ton penchant pour les belles filles. Alors, la présence de ce sosie d'Olivia Newton-John dans un bled aussi reculé que West Forks m'a tout de suite paru suspecte.*

– *J'ai compris, murmurai-je en baissant la tête. Mes passions sont mes pires ennemies.*

– *Tu l'as dit! Mais retiens bien cette maxime :* ton ennemi est ton meilleur ami, *car il te tient éveillé et t'oblige à corriger tes faiblesses.*

– *Amen, lançai-je et je montai dans la voiture.*

Un peu moins d'une heure plus tard, nous nous arrêtâmes dans un petit resto pour nous requinquer. Puis, ce fut l'autoroute 95. Il ne restait qu'à brancher le pilote automatique jusqu'à Boston.

— Où allons-nous crécher ? demandai-je à Gilles quand nous arrivâmes dans la ville.

— Au Longwood Inn. C'est une petite auberge tranquille où nous courons peu de risques d'être découverts avant mon intervention à la conférence.

— Et toi ? dis-je en me tournant vers Thomas.

— Moi, je ne sais pas. Mon tournoi commence seulement lundi. Je pensais me rendre à Cape Cod directement, mais il est déjà trois heures.

Il baissa les yeux, comme s'il hésitait à formuler sa requête, puis il ajouta timidement:

— Peut-être que je pourrais visiter un peu la ville avec vous autres...Y doit bien y avoir des YMCA ici...

— Autrement dit, repris-je, notre compagnie ne te déplaît pas trop et tu aimerais bien voir ce qui va nous arriver. Je me trompe ?

— Eh bien! C'est pas mal trippant, votre histoire!

— Es-tu sûr que tu n'es pas envoyé par les méchants pour nous surveiller ? demandai-je à brûle-pourpoint.

— Ah ben là, sacrifice, tu charries pas mal! Est-ce que j'ai l'air d'un bandit ? Je ne connais rien à vos affaires de mangeaille. Comment veux-tu que je sois acoquiné avec vos ennemis ? Et puis, t'as rien qu'à toucher ma face, tu vas voir que c'est pas un masque. OK, là ?

— Ça va! Reste avec nous si ça te chante.

– Merci, les gars! Avant d'aller à l'hôtel, si on commençait par manger ? Il doit bien y avoir des Macdo dans le coin...

Je regardai Gilles dans le rétroviseur. Il haussa les épaules en signe d'impuissance.

La cassette était terminée.

C'était la brunante. La pièce où nous nous trouvions était fort sombre car, pris par le récit de Dropaôtt, nous avions oublié d'allumer. Soudain, nous vîmes passer une ombre devant une des fenêtres (l'appartement étant en sous-sol, les fenêtres se trouvaient à peu près à ras de terre.) Nous fûmes aussitôt debout et prêts à tout – c'est-à-dire à pas grand-chose puisque nous n'étions pas armés. Je m'approchai lentement et je jetai un coup d'œil dehors. J'aperçus un groupe d'enfants qui, de toute évidence, jouaient à cache-cache. Je poussai un soupir de soulagement et, après avoir tiré les rideaux, je retournai auprès de Nicole. Pour rester le plus discret possible, je n'allumai qu'une petite lampe.

– Vite, la suite! murmura Nicole.

J'introduisis une nouvelle cassette dans l'appareil.

Du *Boston Tea Party* à la *Boston Whisky Partouze*

Sanpaku *est un terme japonais qui signifie* trois blancs. *L'iris est un soleil qui* passe *dans l'œil de chaque être humain durant son existence. Chez le bébé, il est très bas, comme le soleil à son lever; au moment de la mort, l'œil se révulse et l'iris disparaît. Celui qui est* sanpaku *(autrement dit, dont l'iris est si haut dans le ciel de l'œil qu'il laisse voir du blanc dans la partie inférieure de celui-ci – d'où* les trois blancs*) est déséquilibré aussi bien psychologiquement que spirituellement. Malade et malheureux, il est fortement prédisposé aux accidents ainsi qu'à une mort précoce et tragique. C'est un être à la morale élastique, dont il vaut mieux se méfier, car il peut entraîner les autres dans sa chute. Un seul remède au* sanpaku *: rééquilibrer l'organisme par une nourriture et une vie saines. Des millions de Nord-Américains sont* sanpaku *et leur nombre augmente chaque jour.*

Papartchu Satori
Une Occidentale, ça vaut pas une Zen!

Tandis que nous nous installions, Gilles et moi, au Longwood Inn *et que nous faisions un petit somme d'une heure pour nous retaper, Thomas, que nous avions laissé dans la voiture, piquait lui aussi un petit roupillon.*

À quatre heures trente, après que Gilles se fut entretenu au téléphone avec les responsables de la conférence (il devait faire son exposé le lendemain après-midi), nous nous mîmes en quête d'un restaurant. Thomas affirmait qu'il était sur le point de mourir de faim (nous n'avions pas, bien entendu, accepté sa suggestion d'aller nous empiffrer, dès notre arrivée, dans un M^c donald.)

— *Je vais vous faire goûter quelque chose de différent,* nous dit Gilles.

Il me donna l'adresse du Seventh Inn, *le plus gros (et le plus réputé) restaurant macrobiotique de Boston. À cinq heures, je garai ma voiture Providence Street.*

Le temps d'entrer dans le restaurant, de jeter un coup d'œil aux clients attablés et de humer le parfum qui nous parvenait des cuisines, Thomas déclara :

— *Moi, je mange pas ici! On voit tout de suite qu'ils font pas de la cuisine comme je l'aime.*

— *En vérité, intervint Gilles, il ne fallait pas t'attendre à trouver ici du Coke et des Big Mac. Rien ne t'empêche cependant d'essayer la nourriture qu'on propose. Tu ne t'en porteras que mieux.*

— *Ça, je suis pas sûr! reprit Thomas. Si tu regardes les clients, tu vas voir qu'ils sont pas très gros.*

— *Tu veux dire* obèses, *comme dans les restaurants que tu fréquentes.*

— *Ouvre-toi les yeux, chose! Quand tu entres ici, t'as l'impression de te retrouver dans une boîte de cure-dents. En tout cas, merci pour l'invitation, mais je vais vous laisser picorer en paix. J'me trouverai bien un restaurant comme du monde dans le coin. Je reviens dans une heure, OK ?*

— D'accord, répondîmes-nous en chœur, Gilles et moi.

Le champion s'éclipsa aussitôt.

J'étais enfin seul avec Gilles. J'aurais tout loisir de l'interroger sur le fameux complot. Sur les conseils de mon copain, je commandai des plats que je ne connaissais ni d'Ève ni d'Adam. Qui eût cru qu'un jour je me taperais du birdie num-num, *comme dit l'inoubliable Peter Sellers dans le film* The Party *?*

— La macrobiotique n'est pas qu'un régime alimentaire, m'apprit Gilles au cours du repas. C'est une philosophie qui, à partir de deux principes fondamentaux, le YIN et le YANG, embrasse l'ensemble de la création. On reproche au volet nutrition *de la macrobiotique d'être d'une rigidité extrême. Or, rien n'est plus faux. Un macrobiote peut manger ce qu'il veut — même des Big Mac — mais comme son régime alimentaire lui a permis d'accroître sa lucidité, tout en purifiant son organisme, il sait d'instinct ce qui est bon et ce qui est mauvais pour lui. Il sait que la viande crée en lui un mouvement de contraction tel qu'il doit, pour équilibrer les choses, absorber en contrepartie des excitants (café, alcool) ou du sucre. Il n'y a pas de plus bel exemple pour illustrer ce principe que le régime de notre ami Thomas : un Big Mac (yang) et un Coke (yin). Tout se joue en effet entre l'alcalin (yang) et l'acide (yin). Un organisme sain tend à maintenir un équilibre relatif entre les deux. Or, de nos jours, les Occidentaux penchent de plus en plus du côté acide (la quantité effarante de produits sucrés qu'ils ingurgitent y est pour quelque chose.) Le résultat est criant: peur, angoisse, dégénérescence des mœurs, maladies mentales et*

psychosomatiques. En vérité...

– Pour revenir au complot, l'interrompis-je.

– J'y arrive. Tout irait plutôt bien si, à ce déséquilibre, ne s'ajoutait pas la chimie *qui a envahi notre alimentation depuis cinquante ans. Les moins de trente ans en paient d'ailleurs aujourd'hui le prix : augmentation de nombre de débiles mentaux et physiques, violence, désorientation totale de la jeunesse. Parmi tous les phénomènes qui suggèrent une décadence accélérée de notre civilisation, retenons les deux plus* évidents *: l'extrême passivité des masses (encore plus prononcée que par le passé) et leur extrême influençabilité. En supposant que l'alimentation est à l'origine d'un grand nombre de phénomènes de civilisation, il nous suffit d'étudier le fonctionnement de l'organisme pour découvrir la source de la passivité et de la suggestibilité des populations occidentales. Notre étude nous permet de constater : 1° que le siège de la volonté (selon les Orientaux) se trouve dans les reins et qu'un excès de sel paralyse les fonctions rénales (d'où passivité); et 2° que le sucre raffiné provoque un éparpillement de la pensée, tout en affaiblissant les facultés de concentration et de discrimination (d'où influençabilité). Ces deux phénomènes sont de toute évidence très utiles à ceux qui ont intérêt à maintenir le statu quo (passivité) et à manipuler l'opinion (influençabilité). La question qu'il faut se poser à ce stade-ci est la suivante : une telle situation a-t-elle été provoquée CONSCIEMMENT ? Ce à quoi nous pouvons répondre NON, dans la mesure où le sel et le sucre ont toujours servi, l'un à conserver les aliments et l'autre à compenser les effets du sel.*

Cette réponse soulève cependant une autre question : cette situation est-elle MAINTENUE CONSCIEMMENT ? Ce à quoi nous pouvons répondre OUI, dans la mesure où la publicité est orientée dans ce sens et où une enquête approfondie permettrait sans doute de conclure qu'on a augmenté petit à petit au fil des ans la quantité de sel et de sucre dans les aliments.

— Autrement dit, tous les fabricants d'aliments préparés sont coupables.

— Sans doute, mais plus particulièrement les multinationales de l'alimentation.

— Et les gouvernements ?

— Ils font peut-être partie du complot, mais je dirais plutôt qu'ils ferment les yeux. N'ont-ils pas intérêt eux aussi à ce que le peuple reste passif et gobe n'importe quoi ?

Comme j'allais demander des précisions à Gilles, Thomas entra dans le restaurant. Il était dans un tel état de surexcitation qu'il courut jusqu'à notre table.

— Que se passe-t-il ? demanda Gilles.

— Les gars, laissez-moi vous dire que les States, c'est le boutt de toutt. Figurez-vous qu'en sortant d'ici, je me suis mis à chercher un restaurant. J'ai marché un petit moment avant de me retrouver au coin d'une rue — Washington Street, je pense! —, où c'est rien que du cul qu'ils vendent.

— Comment ça ? m'enquis-je.

— Ben oui! De chaque côté de la rue, tu vois rien que des cinémas porno, des spectacles de filles toutes nues...Un vrai centre commercial, que j'te dis! Je suis entré dans une boutique. Y avait des dizaines de cabinets individuels où tu

peux te taper des films en toute tranquillité. Tu fermes la porte, tu mets vingt-cinq cents dans une boîte et on te projette un film super-cochon. Le problème, c'est que, juste quand ça commence à chauffer, la projection s'interrompt et que t'es obligé d'ajouter de l'argent pour voir la suite. J'ai dû passer une dizaine de dollars...Si tu voyais les films ; des filles qui se mettent des quéquettes dans la bouche, d'autres qui se...

— Ça va! l'interrompis-je. Nous venons de manger.

Thomas me considéra, interloqué.

— T'es donc tarte, dit-il. Moi, ça m'a ouvert l'appétit. Après, je suis allé dans un Burger King *me taper trois hamburgers-frites-sauce avec un gros* Coke... *J'aurais bien aimé voir un show dans la rue porno, mais ça coûtait trop cher. Y a aussi des spectacles individuels : t'es assis dans une cabine en face d'une vitre. De l'autre côté, y a une fille toute nue avec qui tu peux parler au téléphone. Paraît que tu peux lui demander toutes sortes d'affaires, comme de se...*

— Suffit, Thomas! intervint Gilles.

— OK! N'empêche qu'on devrait se trouver des filles, ce soir! Qu'en dites-vous, les gars ? Si je pouvais en pincer une qui a un appartement, ça m'éviterait de payer une chambre au YMCA. Paraît que les Américaines nous aiment beaucoup. Y en a qui disent que notre accent les fait mouiller...

Le petit sacripant, il me mettait l'eau à la bouche. Gilles dut s'en rendre compte, car il lança :

— Bon! Que diriez-vous de faire un petit tour de ville jusqu'au coucher du soleil ? Dropaôtt pourra ensuite me ramener à l'hôtel. Vous aurez alors tout loisir de vous dégoter des poules, comme vous dites.

– Et ta protection ? objectai-je.

– Je n'aurai qu'à bien verrouiller la porte de ma chambre. De toute façon, tu fais comme tu l'entends. Tu es seul juge de ce tu dois faire ou ne pas faire. Souviens-toi seulement de ce que je t'ai dit au sujet de tes penchants...

Avez-vous déjà vécu dilemme plus cornélien ? Je devais choisir entre mon devoir (protéger Gilles) et mon devoir [vous offrir une partie de jambes en l'air pour réveiller vos ardeurs défaillantes vis-à-vis de votre conjoint(e)]. Entre le devoir et le devoir, je choisis le second.

Nous sortîmes du restaurant et nous nous baladâmes en voiture dans la ville. Arrêt au Quincy Market *: dans un bâtiment qui doit faire 500 mètres de long se dressaient une suite de boutiques de bouffe comme vous n'en avez jamais vues. De tout, et plus encore! Le type qui entre là-dedans et qui en ressort au bout d'une heure sans avoir rien consommé peut être considéré comme un saint. L'oralité poussée aux extrêmes, comme seuls les Américains savent le faire.*

Sur le chemin du retour à l'hôtel, nous visitâmes les environs du Prudential Centre. *Une tour s'élevait à proximité.*

– La tour John Hancock, me signala Gilles. L'immeuble le plus haut de Boston. On a aménagé au dernier étage un observatoire qui offre un point de vue splendide sur la ville et ses environs.

– Tu connais donc un peu Boston ? m'enquis-je.

– Oui, je suis venu plusieurs fois ces dernières années pour rencontrer les dirigeants du Kushi Institute.

À vingt-deux heures, j'avais pris une douche, j'étais rasé de frais et j'avais enfilé les pantalons et la chemise sans repassage qui dormaient dans ma valise. Thomas avait fait de même. Nous laissâmes Gilles s'enfermer à double et même triple tour dans sa chambre et, après nous être informés à la réception, nous mîmes le cap sur un petit pub chic de Newbury Street, le Daisy Buchanan's.

Depuis mon arrivée à Boston, j'avais remarqué que les Américaines, si elles sont presque aussi jolies que les Québécoises, ont pour la plupart (contrairement à celles-ci) des fessiers énormes. Gilles, à qui j'avais fait observer la chose, m'avait répondu simplement : « Ce sont les produits laitiers. » (Avis aux jolies filles!)

Le Daisy Buchanan's *est un petit bar très couru. Après onze heures, le samedi soir, on fait la queue pour y entrer. Le bétail, tant mâle que femelle, y est très recherché. On ne voit en effet dans cette boîte que des spécimens de l'Américain et de l'Américaine types. Le gars est beau, blond et bronzé. On devine à sa carrure qu'il fait beaucoup de sport, et à sa bedaine, qu'il boit beaucoup de bière. Quant à sa conversation, elle ne laisse planer aucun doute sur son séjour à l'Université. C'est le genre Robert Redford. Il se pavane, fait étalage de ses atouts. Nul doute qu'il va réussir dans la vie. La fille, elle, est belle, blonde et bronzée. Elle a de gros seins, un gros cul (c'est là son seul défaut apparent). Invitante, elle n'en considère pas moins le mâle comme un investissement. D'ailleurs, les trois premières questions qu'elle pose sont habituellement les suivantes : « Qui est ton père ? Qui es-tu actuellement ? Que seras-tu plus tard ? » Langage de banquier qui cherche à bien placer son capital.*

Qu'allions-nous faire dans cette galère ? vous demandez-vous sûrement. Mais voyons, nous voulions fournir aux belles nanas l'occasion de s'évader un peu de leur conformisme étouffant, tout en rendant jaloux leurs petits Robert Redford!

Une demi-heure après notre arrivée, je causais (en faisant exprès d'écorcher l'anglais) avec une fille sortie tout droit d'une page centrale de Playboy.

– I love French Canadians! fut une des premières phrases de la gonzesse qui, en passant, s'appelait Angela.

Quant à Thomas, qui abordait les filles avec des questions comme « Hello! Would you like to fuck ? », il ne connut pas beaucoup de succès. Sa séance de films porno l'avait sans doute excité outre mesure (or, les femmes n'aiment pas que les mauvaises pensées se lisent trop facilement sur le visage des mecs qui les draguent.) En désespoir de cause, il essaya de se faire passer pour le proprio des Amusements Parthénon inc. *mais, là encore, il ne parvint pas à intéresser les demoiselles.*

Comme je disais à Angela que j'aimais tous les genres de musique, elle me proposa de poursuivre la soirée au Ryles', *un bar de jazz situé sur la rive nord de la rivière Charles, dans les environs immédiats de l'Université Harvard (*Love Story, *vous vous souvenez ?)*

J'allai trouver Thomas et je lui proposai de le conduire au YMCA.

– Non, non, bonhomme! Reste avec ta bonne femme. Je vais rester encore un peu. On sait jamais. Anyway, je passerai

vous faire mes adieux demain à votre hôtel. Y faut que je sois à Cape Cod pour le début du tournoi, lundi matin. Bonne chance! Moi, si ça continue, je vais en être réduit au « five fingers solo ».

Je lui serrai la main et je retournai près d'Angela, qui m'attendait à la sortie.

Nous fûmes au Ryles' *en deux temps trois mouvements et demi.*

La boîte comportait deux étages. Au rez-de-chaussée, on présentait des spectacles de jazz authentique, tandis qu'au premier, un orchestre composé d'étudiants du Berklee College jouait du jazz rock. Nous choisîmes le jazz rock.

À une heure du matin, nous étions pas mal pompettes. Angela m'invita chez elle. Elle avait un appartement dans Beacon Hill, un des quartiers chics de Boston. Ses parents avaient apparemment pas mal de foin...

La face A de la cassette était terminée. Nous passâmes aussitôt à la face B...

Bon! Avant de passer à nos ébats, je suggérerais à Nicole d'aller faire un tour. Hein, ma belle poupoune ? Tu sais que je n'ai rien à te cacher, mais je crois que ta présence, pendant la séance de baise qui va suivre, serait un peu déplacée. J'avouerai même que ça me gênerait un peu de m'exécuter devant tes oreilles...

Nicole, qui savait s'adapter à toutes les situations avec une élégance incomparable, se leva et dit, avec un sourire qui n'était ni feint ni exagéré :

– Je vais prendre un bol d'air. On étouffe ici!

– *Merci, ma belle! reprit la voix de Dropaôtt.*

Étonnamment, la cassette, qui continuait à tourner, demeura silencieuse jusqu'à ce que Nicole eût refermé la porte de l'appartement.

– *Bon! À présent, mon cher Grenier, tiens bien ta tuque, car je vais t'en faire entendre de toutes les couleurs...*

Partant du principe que la femme est le potage de l'homme *(Molière,* L'École des femmes, *acte II scène 3), je vous offre donc, Occidentaux gavés que vous êtes, l'occasion de* bouffer du sexe. *La scène qui suit n'a qu'un inconvénient : elle exige de vous un effort intellectuel. Or, comme vous êtes non seulement passifs, mais de plus en plus déficients intellectuellement, mon petit jeu ne contribuera certes pas à m'attirer vos bonnes grâces (comme réussissent à le faire certains auteurs qui vous offrent du plus-débile-que-vous-n'êtes afin de flatter votre petit moi et vous entretenir dans l'illusion que vous avez de l'intelligence à revendre – alors que, si j'étais vous, j'instaurerais au plus tôt un programme draconien de conservation des quelques microns de cervelle qui vous restent.)*

Il faisait chaud dans l'appartement, meublé avec chic mais dans le goût américain (autrement dit, sans aucun goût). Pour ajouter une touche personnelle, Angela avait dévalisé plusieurs boutiques d'antiquaires de Charles Street, ce qui donnait à l'ensemble de la décoration un cachet artiste très très amateur. La fille, qui avait fait des études poussées en microbiologie, m'offrit un verre, mit de la musique : la scène de séduction à l'envers, quoi! (Ah pauvreté de l'imaginaire des Américains! Que voulez-vous ? La télé, le cinéma et la pub pensent pour eux. Ils leur offrent du tout cuit, du mâché d'avance. Nos voisins du Sud ont donc appris à imiter des modèles et à ne faire que ça. La paresse découlant de l'opulence. On a tué en eux la faculté de s'émerveiller.) Enfin...passons plutôt aux fesses. Pour vous aider à fantasmer, je vous dirai qu'Angela ressemblait un peu à Bo Derrière : visage tout aussi angélique, poitrine un peu plus généreuse et anatomie semblablement délicieuse.

Caresses et baisers...Nous ne tardâmes pas à nous retrouver nus. Ma poulette bronzée était brune partout, sauf en deux endroits névralgiques. Après avoir pris avec elle une douche rafraîchissante et aseptisante, je la suivis dans la chambre à coucher en la pointant du doigt. C'est sur un lit d'eau que se poursuivirent nos ébats...

(Il vous suffira, dans les paragraphes qui suivent, d'associer les chiffres et les lettres, selon ce qui vous semble le plus approprié. Au travail, les copains! Rappelez-vous que le travail, c'est la santé!)

A. Cerise à l'eau-de-vie, B. Fraises, C. Grosse asperge au beurre, D. Botte de persil, E. Boules de crème glacée aux framboises, F. Figue juteuse, G. Champignon (atomiseur), H. Noix de grand noble, I. Pot de miel,
J. Saucisson géant, K. Pamplemousses, L. Dill pickle,
M. Framboises à la crème, N. Jus d'abricot, O. Banana Juice

Couchée sur le dos, elle laissa mes mains nerveuses palper ses gros (1.   ). Le souffle court, elle poussait de petits cris de plaisir. Les (2.   ) se dressaient contre mes paumes. Elle avait empoigné ma (3.   ) et la branlait de sa main experte. J'embrassai son cou, ses (4.   ), dont je mordillai les (5.   ). Ma main glissa sur son ventre puis, plus bas, vers ses cuisses, qu'elle écarta. Je caressai sa (6.   ) et j'introduisis deux doigts dans son (7.   ), mouillé d'un (8.   ) chaud. Elle se mit à haleter. Soudain, elle se redressa et se mit à m'embrasser partout :« I want to eat your big (9.   ) and taste your (10.   )! Elle se jeta sur mon (11.   ), qu'elle lécha, des (12.   ) jusqu'au (13.   ), tandis qu'elle se retournait pour me faire goûter son délicieux (14.   ). Je découvris une petite (15.   ), que je titillai du bout de la langue. Elle hurlait de plaisir. Je la pris par derrière. Elle pleurait et gémissait à la fois. Je vins en même temps qu'elle. Nous étions vidés, ce qui ne nous empêcha pas de recommencer trois fois.

Nous ne fûmes interrompus qu'une fois par le téléphone. C'était Lucie, la fille de madame Chose, qui voulait savoir si, dans le texte précédent, c'était bien la lettre L qui correspondait au numéro 9. (Madame Chose, malheureusement décédée au cours de ma dernière aventure, était cette championne des bonnes mœurs qui intervenait chaque fois que je me tapais une séance de baise en me vilipendant de la plus verte des façons.)

— Mon anglais n'est pas très bon, vous comprenez, M. Papartchu ?

L'adolescente, qui avait quatorze ans à peine, me reprocha de ne pas avoir assez salé mon texte :

— J'aurais aimé que vous insistassiez davantage sur la fellation et le cunnilingus, me dit-elle sans rire. Moi, avec mon

petit ami...

— Oh jeunesse! gémis-je. Pourquoi passer ainsi de la pudibonderie parentale la plus stricte au dévergondage le plus...le plus...dévergondé ? Pauvre madame Chose! Vous devez vous retourner dans votre tombe, si toutefois on vous a laissé assez de place pour le faire.

Le lendemain matin, à dix heures, je quittai Angela. Elle inscrivit son nom et son numéro de téléphone sur un bout de papier qu'elle me remit :

— Hope to see you soon, qu'elle me dit en me passant la main sur le devant du pantalon. I'd like so much to take that into me again!

Je crois que je vais me lancer dans le roman érotique. Je ferais fortune, croyez pas ? J'embrassai la fille et je partis.

(Comme je suis bon prince, je vais vous épargner trois ou quatre jours de pénibles efforts pour associer les lettres et les chiffres de la petite scène érotico-gastronomique. Voici donc les réponses : 1E, 2B, 3C, 4K, 5M, 6D, 7I, 8N, 9L, 10O, 11J, 12H, 13G, 14F, 15A. Et que je ne vous reprenne plus à chercher les réponses dans votre slip, hein ?)

Quand j'arrivai au Longwood Inn, *je constatai avec stupeur (et deux ou trois kilos de remords bouillis) que Gilles avait disparu.*

Après avoir frappé en vain à sa porte pendant une minute, j'étais descendu à la réception pour demander qu'on m'ouvrît.

Un désordre indescriptible régnait dans la pièce. Les effets de Gilles n'étaient plus là : dossiers, vêtements, etc. On avait tout emporté.

J'entrepris, les larmes aux dents (merci, Jacques!) et le cœur torturé par la culpabilité (merci, Sigmund!), une fouille minutieuse de la chambre. Je cherchais un indice qui me mettrait sur la piste...

« Oh Grand Manitou, ne m'abandonne pas, » murmurai-je à plusieurs reprises. Le Big Chief m'entendit sans doute, car il fit marcher mes doigts vers le bottin téléphonique. J'examinai celui-ci d'un air dubitatif. Je remarquai alors qu'une page avait été cornée. Sur ladite page, un nom avait été souligné : PACKYOU, SAM, Consultants, John Hancock Tower. Dans la marge, les initiales G.L. (pour Gilles L'Hévent, bien entendu!)

Tout n'était donc pas perdu. Je poursuivis mes recherches. Je découvris, coincée derrière la table de nuit, une feuille de papier sur laquelle avait été griffonnée une adresse : 125B, Aspinwall Avenue, Brookline.

— Bizarre, bizarre! dis-je à voix haute. J'ai la drôle d'impression qu'un de ces indices est un faux de la pire espèce, uniquement destiné à m'attirer dans la gueule du loup...

Comme je prononçais ces paroles pour le moins prophétiques, quelques coups timides furent frappés à la porte, qui était de toute façon ouverte. Je me retournai. Thomas était là, son sac de voyage à la main. Il semblait fort embarrassé :

— Sacrifice, les gars! Vous êtes-vous battus ?

— Gilles a disparu, m'écriai-je avec, dans la gorge, un chat qui courait après un sanglot (qu'il prenait pour un mulot).

— C'est pas vrai ?

— Si.

— Ah ben, ça, par z'emple!

Je lui racontai tout.

— Qu'est-ce que tu vas faire ? demanda-t-il quand j'eus terminé.

— Essayer de le retrouver.

— Et moi qui étais venu vous faire mes adieux. Je pense que je peux pas te laisser de même. Je vais te donner un coup de main jusqu'à ce soir. Je trouverai bien un moyen de me rendre à Cape Cod avant demain matin.

Je le remerciai vivement. J'allai dans ma chambre, qui n'avait pas été visitée par les ravisseurs, j'y pris un revolver supplémentaire, que je confiai à Thomas (« wow! un vrai gun pour moi tout seul! »), et, ainsi armés, nous partîmes à la recherche de Gilles.

Nous décidâmes de commencer notre enquête par l'avenue Aspinwall, qui n'était qu'à quelques minutes de l'auberge.

J'appuyai sur le bouton « arrêt ». Nicole n'était pas revenue. Devais-je poursuivre seul l'audition de la cassette ou attendre le retour de la compagne de Dropaôtt ? Dilemme. Je m'accordai cinq minutes de réflexion, qui ne vous parurent cependant que quelques mots, et je décidai qu'il fallait savoir au plus tôt ce qui était arrivé au héros national des Québécois si nous voulions intervenir à temps pour, peut-être, lui sauver la vie.

Je remis donc l'appareil en marche.

Bon! Où en étais-je ? Ces interruptions me font perdre le fil, Grenier! Tâche que ça ne se reproduise plus. Nous partîmes donc pour l'avenue Aspinwall. Durant le trajet, Thomas me fit raconter ma nuit d'amour.

– Tabarnane de chanceux! s'écria-t-il. Quand je pense que je suis rentré au YMCA bredouille comme une tarte. Avec toutes les images de fesses que j'avais dans la tête, j'ai pas pu m'endormir avant trois heures. Il a même fallu que je fasse deux petits lavages à la main pour arriver à me détendre. En tout cas, les Américaines, j'en ai plein le cul!

– Ce n'est pourtant pas ce que tu disais hier!

– Hier, je ne savais pas qu'elles étaient aussi débiles.

– Tu ne t'es pas demandé si ton échec ne tenait pas à ta façon de les aborder ?

– Voyons, chose! Arrive en ville! Aujourd'hui, t'as plus à poser des questions tartes comme « viens-tu souvent ici ? » ou « c'est quoi ton signe ? » Tu demandes simplement : « Viens-tu coucher ? » Si tu veux mettre un peu de poésie, tu peux toujours poser une question comme « qu'est-ce que tu dirais d'une banane au miel ? Je fournis la banane ».

Que répondre à cela ? Rien. D'ailleurs, nous arrivions au 125B, Aspinwall Avenue. La rue était déserte en ce dimanche ensoleillé. La journée serait torride.

– Allons-y doucement pour ne pas ameuter le quartier, dis-je à Thomas. Faisons-nous passer pour des visiteurs. Une fois dans l'entrée, tu n'auras qu'à te faufiler derrière la maison. Essaie de voir à l'intérieur. Pendant ce temps, je feindrai de sonner à l'avant.

Le bungalow paraissait dormir d'un sommeil qui durerait cent ans. Au bout de ces cent années... (s'cusez-moi! je me croyais dans un conte de fées.) Les stores étaient baissés et les rideaux tirés. Nous avançâmes prudemment, l'oreille aux aguets et les fesses serrées. Thomas disparut bientôt. Je me *dirigeai vers la porte en empruntant une allée de gravier qui serpentait sur la pelouse et qui, avant d'aboutir au perron, contournait une rocaille joliment aménagée. Mettant à exécution mon plan des plus ingénieux, je levai une main vers la sonnette tandis que, de l'autre, je sondais la porte pour voir si elle était verrouillée. Elle ne l'était pas. Prêt à toute éventualité (et surtout à une intervention du genre « vous cherchez quelque chose ? », cet archicliché des films de suspense), je tournai la poignée et j'entrebâillai la porte. Regard rapide à l'intérieur. Le noir complet (non, non! pas « un Noir en complet », mais l'obscurité totale).*

Je me glissai dans la maison. Appuyé contre la porte que je venais de refermer, j'attendis pendant au moins quarante-trois secondes et des poussières, le temps que mes yeux de chat perché (un chat qui a mangé de la perche et qui s'apprête à faire le grand sot) s'habituassent (ou s'habituzent ?) à la noirceur. Une odeur étrange vint me titiller l'odorat : ça sentait le chameau.

« Me voici sans nul doute dans le repère des Berbères barbares (ou vice-versa) qui ont occis le faux Gilles près de Drummondville. Ces gens ne chevauchaient-ils pas en effet des camélidés ?

Je me rendis compte alors que ça ne sentait pas le chameau, mais la cigarette (une clope de marque CAMEL, si vous voulez tout savoir).

« C'est à s'y tromper, me dis-je comme ça, dans ma tête. Faut l'flair! »

Des silhouettes commençaient à se découper sur le fond noir des ténèbres: une causeuse pas très causante, un canapé à moitié bouffé par les mites, un buffet froid et opiniâtre (ou à volonté) ainsi que d'autres meubles immobiles mais néanmoins animés d'une certaine animosité à mon endroit. Devant moi s'étirait un couloir qui commandait plusieurs pièces. Les pièces n'aimaient pas trop être commandées par ce couloir impudique (car il était nu) et, pour bien lui montrer qu'elles se foutaient de sa gueule, elles lui avaient toutes fermé la porte au nez.

À peine eus-je le temps de faire quelques pas que je reçus un coup sur la tête. Un rideau noir tomba sur mes mirettes.

Je m'éveillai dans une chambre rouge...

La cassette se terminait sur ces mots.

Nicole n'était toujours pas de retour. Je commençais à me ronger d'inquiétude. Et si nos poursuivants avaient retrouvé notre trace ?

Attente pénible. Comme vous ne teniez plus en place, je pris sur moi de continuer sans Nicole.

Sur la face A de la cassette suivante – la dernière, en fait – , votre héros décrit les supplices qui lui ont été infligés. Il est inutile de la reproduire ici. Je passai donc à la face B, qui devrait nous apprendre comment Dropaôtt est parvenu à s'échapper.

J'introduisis la cassette et j'appuyai sur *play*.

Troisième partie

PAR ICI LA SOTIE!

Hors des griffes de la pieuvre

PAROLES DE PAPARTCHU DROPAÔTT (1)

Pour que jeunesse passe, il faut que vieillesse se tasse!

Comme dirait Moïse en quittant l'Égypte : « On moïsira pas ici! »

Les somnambules vaudous : plus on est d'bout, plus zombis!

Darius Milhaud, c'est pas un chef d'orchestre manchot ?

Tirées de la biographie de Papartchu Dropaôtt intitulée
Ça se prononce comme ça s'écrit

De prime abord, mon évasion semblait tout à fait irréalisable. Au second abord, cependant, je me dis que j'étais un héros et que rien n'est impossible à un héros. Je m'empressai donc de mettre à ma propre disposition mes ressources inépuisables. Isolé dans une chambre rouge, après les deux pénibles expériences que j'avais vécues (celle de la crème glacée et celle de la vie après la vie*), je ne savais pas quel sort m'était réservé pour l'avenir. Le moyen de* *communication avec Gilles avait été découvert et on avait aussitôt transféré mon copain dans une autre cellule. J'étais seul contre des inconnus puissants. Je ne pouvais même pas me situer dans l'espace. J'étais désarmé, au propre (même si je commençais à ne plus l'être trop trop) comme au figuré. On me passait mes repas par une trappe aménagée dans la porte. Impossible, donc, de faire du charme au geôlier, de l'étouffer dans les barreaux pour lui subtiliser son trousseau de clés ou quelque autre cliché utilisé à satiété (et sans même la plus petite vergogne) par la télévision et le cinéma (j'oubliais le détenu qui feint d'être à la dernière extrémité à cause d'une écharde au pied ou d'un ongle incarné et qui se fait la malle pendant le trajet jusqu'à l'infirmerie.) Non, moi, pour m'évader, il me fallait de l'original, quitte à ce que quelques puristes (puriste : nom dérivé du mot* purin) *crient tout de suite à l'invraisemblance.*

Enfin...Si vous n'avez pas la mémoire trop courte, vous vous souviendrez qu'au début de cette aventure, j'ai fait exploser un chien qui m'exacerbait en lui faisant bouffer une boule de cérumen. Eh ben! comme les méchants (tant pis pour eux, les salauds!) ne nous permettaient pas de faire notre toilette matinale, je me trouvai rapidement en possession d'une bonne provision d'explosifs.

Les salopards n'avaient donc qu'à bien se tenir (à bon entendeur, BOUM!, salut!) Les doigts disposés comme pour donner une pichenette, je me mis à faire feu de toutes boules. Et d'une pour la porte – fffuuiiiit! boum! Deux gardiens accoururent dans le couloir métallique qui aboutissait on ne sait où. Ils s'étonnèrent de me voir jouer dans mes oreilles au lieu de fuir à toutes jambes. Ils sourirent quand je roulai entre mes doigts une boule double. Ils s'esclaffèrent quand je la leur projetai. Je ne sais pas cependant s'ils eurent le temps de rire jaune (les tristes cires*!) avant de se retrouver déchiquetés et sanguinolents sur le plancher. Patty Bulaire et Bédaine Powell avaient cessé d'exister (parole de scout!)*

D'explosion en explosion, je me frayai un chemin jusqu'à la sortie. Après avoir longé un long couloir mal éclairé, j'ouvris une porte qui donnait sur un stationnement souterrain. Je remontai enfin à l'air libre. Je me trouvais devant l'hôtel Sheraton Plaza, *à l'angle de Trinity et St. James.*

J'étais complètement fauché et ma tenue laissait beaucoup à désirer. La seule solution était de retourner chez Angela. Le soir tombait (il tomba d'ailleurs à quelques mètres de moi sur une grosse femme blanche qui courait ventre à terre – dans son cas, l'expression n'était pas figurée, car les bourrelets qu'elle avait autour des hanches lui faisaient une belle jupe – afin de ne pas manquer une dégustation gratuite au Sheraton; quand elle reçut le soir sur la tronche, elle lâcha un pouf! *sonore et se ratatina aussitôt; comme le soir était plutôt noir ce jour-là, elle fut, avant d'être écrasée comme un gros moustique, transformée en nounou noire portant sur la tête un fichu noué sur le front; elle ne laissa sur le sol qu'une flaque de mélasse.)*

Je me mis en route en espérant de tout cœur (et de tout...) que la gonzesse fût à la maison. J'avais tant besoin de repos et de câlins. Pour me rendre de St. James Avenue à

Cedar Street, j'en avais pour une dizaine de minutes à pied. Je remontai Trinity jusqu'à Boylston. À quelques pas du Seventh Inn, *je m'arrêtai net, paralysé par une vision troublante : un jeune homme que je reconnus aussitôt sortait du restaurant. C'était Ézéchiel en personne. Je m'assurai qu'il était seul et je le suivis. Le traître était donc venu sur les lieux du crime de ses acolytes ou de ses patrons. Comptez sur moi! Il allait passer un fort mauvais quart d'heure (à deux ou trois minutes près)*

Ézéchiel traversa la rue et se dirigea vers le Boston Common, un vaste parc aménagé en plein centre-ville. Il y entra bientôt et s'y promena, l'esprit ailleurs. J'attendis qu'il se trouve dans un endroit isolé pour lui sauter dessus. Le Côtepentiste, qui croyait être agressé par un gros voyou, se mit à crier :

— I've got no money, brother! Let's pray our Lord together!

— Imbécile! Traître! gueulai-je en lui assenant trois ou quatre taloches bien méritées. On ne reconnaît plus les victimes de ses forfaits ?

— Mais...vous êtes Papartchu Dropaôtt! s'écria-t-il après un moment. Dieu soit loué, je vous ai retrouvé.

— Comment Dieu soit loué *? Non content d'avoir essayé de nous foutre dans le pétrin, tu remercies le bon Dieu de te donner l'occasion de répéter l'expérience ?*

— Je ne comprends rien à ce que vous dites.

— Ah, tu ne comprends rien ? Une bonne raclée devrait te rafraîchir la mémoire.

— Je vous jure que je n'ai rien fait. Au contraire, je veux

à tout prix revoir Gilles L'Hévent pour le remercier de m'avoir ouvert les yeux. Je suis allé à la conférence, mais on m'a dit que son intervention avait été annulée, car il ne s'est pas présenté. Je sors du Seventh Inn *où j'ai voulu me renseigner : on ne sait rien sur lui. C'est le bon Dieu qui vous a mis sur ma route.*

— Je ne te crois pas, bonhomme!

— Je suis prêt à tout vous répéter, la main sur la Bible.

— Bon, ça va! Je vais t'accorder le bénéfice du doute...pour l'instant. Mais, dis-moi : tu n'es sûrement pas venu à Boston uniquement pour revoir Gilles. Faudrait être...

— Il ne vous a rien dit ?

— Qui ça ?

— Mais Gilles, voyons! J'allais rejoindre à Saint-Georges les cinq cents Côtepentistes du Québec délégués au grand ralliement de la région nord-est, qui a lieu ici même à Boston. J'ai pu convaincre mon supérieur du bien-fondé des théories de Gilles. Comme il aimerait beaucoup en savoir plus, je me suis mis à sa recherche dès mon arrivée. Il faut le retrouver. Où est-il ?

Ézéchiel avait l'air tellement sincère que j'en avais presque les larmes aux yeux. Je desserrai l'étreinte de mes mains sur sa gorge pour qu'il pût parler plus à l'aise et pour que disparût de son visage la teinte bleutée qui commençait à le colorer.

Je lui racontai tout, depuis notre séparation à Saint-Georges jusqu'à mon évasion.

— C'est horrible! s'exclama-t-il. Que comptez-vous

faire?

— D'abord, je vais retourner chez la fille qui m'a si chaleureusement accueilli dans son lit (Ézéchiel fronça les sourcils). Son appartement me servira de planque. Je pourrai réfléchir à tête reposée (la tête, à défaut du reste) à la stratégie la plus appropriée dans les circonstances.

— Je vous offre mon appui sans réserve et je suis sûr que mon chef, mis au courant des événements, n'hésitera pas à vous assurer du soutien des cinq cents Côtepentistes du Québec.

— Formidable! Je vais songer à un moyen d'utiliser votre force de frappe, comme dirait le syndicat des dactylos.

Sur ce, nous échangeâmes nos coordonnées et nous nous quittâmes en bien meilleurs termes qu'au moment de nos retrouvailles.

Je poursuivis ma route vers l'appartement d'Angela. Tout en marchant sous la lumière agonisante, je m'agonisais de reproches pour n'avoir pas songé à libérer Gilles et Thomas. Je venais, une fois de plus, d'agir inconsidérément. Faudrait que j'envisage sérieusement de modifier mon régime alimentaire...

Je réfléchis. Si Ézéchiel n'avait pas dissimulé la drogue sous l'un des sièges de ma voiture, comment nos adversaires s'y étaient-ils pris pour perpétrer leur abominable forfait ? Je devais retrancher de la liste des coupables possibles Gilles et votre humble serviteur. Restait Thomas. La supposition était d'un ridicule consommé (et même soupe aux pois). Si Thomas était un traître, il n'aurait pas eu à subir les mêmes supplices que nous. Non! La drogue avait sans doute été introduite dans la voiture durant la nuit ayant précédé notre départ de Québec. Mais alors, si nos ennemis savaient où nous étions, pourquoi ne nous ont-ils pas neutralisés avant le début du voyage ? Question sans réponse – du moins, pour l'instant.

J'arrivai chez Angela. Je sonnai. Une fois. Deux fois. Une angoisse (la cochonne!) me chatouilla l'abdomen. Enfin, la jeune femme répondit. Après que je lui eus dit mon nom, elle actionna fébrilement les trois ou quatre verrous et chaînes de sûreté (ah, paisible Amérique!) qui me séparaient de son intimité. C'est avec des roucoulements évocateurs qu'elle me reçut dans ses bras :

– I'm so happy you're back to me! susurra-t-elle.. You...and your big chimney sweeper [comparaison très subtile (?) entre l'instrument de mes conquêtes viriles et une brosse à ramoner], ajouta-t-elle en me passant la main sur le devant du pantalon (un tic, sans doute!)

Je parvins heureusement à réfréner ses élans en invoquant le besoin de me restaurer. Elle me prépara une omelette pendant que je prenais une douche. Je mangeai en lui racontant mes malheurs.

J'étais en train de téter un petit café revigorant quand, n'en pouvant plus d'attendre, Angela s'agenouilla devant moi et se mit à me tailler une pipe (« j'ai du bon tabac dans ma tabatière, » chantonnais-je, « j'ai du bon tabac, en veux-tu, en v'là!)

Je dus ensuite la suivre dans la chambre pour la suite du

programme. Je vous invite donc de nouveau à faire travailler vos méninges (sauf que, cette fois-ci, nous allons procéder à l'inverse.) Lisez d'abord la liste des mots ci-dessous et associez les numéros aux lettres suivies de pointillés dans le texte à droite. Vous êtes prêts? Alors : un, deux, trois, partez!

1. Sein, 2. Lèvres, 3. Mamelons, 4. Poitrine, 5. Érection, 6. Langue, 7. Gland, 8. Queue, 9. Cuisses, 10. Cul, 11. Verge

L'homme entra dans le parc. Il se retrouva aussitôt au (a)..... d'une nature presque sauvage. En passant près d'un vieux chêne, un (b)....... lui tomba sur la tête. Il dépassa une statue dont on achevait l'(c).......... Plus loin, s'élevaient deux petits (d).......... qu'il lui faudrait gravir avant d'arriver à destination. Il sortit du parc et se retrouva dans un quartier populaire. Devant une boutique, des gens faisaient la (e)........ pour acheter du tissu à la (f)........ en solde. Enfin, au fond d'un (g).......-de-sac, il trouva la maison. Il sonna. Une femme vint ouvrir. Mise en appétit par la boîte qu'il tenait à la main, elle se passa la (h)....... sur les (i)....... Lui la regarda droit dans les yeux et dit :

– C'est-y vous qui avez commandé une (j)......... et deux (k)........ de poulet ?

Oups! Je crois que je me suis trompé de texte. C'est pas très érotique, mais je suis assuré que ce petit morceau en a tout de même excité plusieurs (allez, avouez!) Si vous voulez les réponses, les voici : 1a, 2i, 3d, 4j, 5c, 6h, 7b, 8e, 9k, 10g et 11f.

Avant de poursuivre le récit, j'aimerais dire à Jacquot (le frère de Lucie, âgé de seize ans), qui m'a téléphoné tout à l'heure – en changeant sa voix – pour me demander si je connais des revues cochonnes sur la bestialité, que je n'ai pas pu obtenir ce renseignement. Il aurait peut-être plus de succès en s'adressant à la SSA (Société Séductrice des Animaux). Si ce n'est déjà fait, on lancera sûrement une revue baptisée PLAYBEAST. Ah décadence! D'ailleurs, quand j'ai dit à Jacquot qu'il aurait pu se contenter de devenir homosexuel («au moins, ça reste dans la FAMILLE», ai-je invoqué), il a rétorqué : « Fif ? C'est même plus à la mode! Y a rien de plus cucul! » À quand donc l'amour avec les plantes ou les boîtes aux lettres ?

Ceci dit, je dus interrompre mes ébats avec Angela l'insatiable, car des choses beaucoup plus urgentes appelaient mon attention. Comme elle ne cessait d'en redemander, j'allai dans la salle de bains, je fouillai dans la pharmacie, remplie de drogues de toutes sortes (ah, saine Amérique!) et je retournai dans la chambre muni de somnifères puissants, que je fis avaler à ma tigresse en lui affirmant qu'il s'agissait d'aphrodisiaques. Quinze minutes plus tard, j'étais seul dans l'appartement avec ses ronflements.

Je m'assurai que la gonzesse possédait un magnétophone et, après lui avoir emprunté un peu d'argent (que je comptais lui rembourser au centuple), je me rendis dans un drugstore voisin, ouvert 25 heures, pour m'y procurer des *cassettes vierges et une enveloppe matelassée.*

De retour à l'appartement, je passai une partie de la nuit à vous raconter mon aventure. Pourquoi n'ai-je pas attendu que tout soit terminé ? Je vous avouerai que c'est parce que j'ai peur...peur de laisser ma peau dans ce foutu merdier.

Enfin! Il est quatre heures du matin. Je vais prendre un peu de repos avant le round final. Dans quelques heures, j'irai à la gare d'autocars porter l'enveloppe qui contiendra les cassettes ainsi que la clé du coffret de sûreté de la Caisse populaire Notre-Père-Quillet-Zôssieux (que j'avais dissimulée dans une poche à double fond de mes pantalons et qui a échappé aux fouilles de mes geôliers). Je vous rappelle que cette clé donne accès à toute la documentation sur le complot. J'irai ensuite Aspinwall Avenue récupérer, je l'espère, ma voiture.

Dormons donc en priant que le sommeil m'inspire un plan génial pour tirer Gilles et Thomas des griffes de nos ennemis. Salut, Grenier! Embrasse Nicole quand elle reviendra de sa petite promenade...

Dropaôtt se tut. La cassette tourna silencieusement pendant quelques minutes avant que l'appareil ne s'arrête automatiquement. Je me raccrochais tellement à la voix du Maître (et non « de mon maître » – ne pas confondre) que j'ouvris toutes grandes mes oreilles dans le but de déceler, dans les derniers mètres silencieux du ruban, des sons qui m'auraient révélé la suite de l'histoire.

Dropaôtt avait envoyé les cassettes jeudi matin. Nous

étions vendredi soir. Que s'était-il passé entre-temps ? Chose certaine, les méchants semblaient être au courant de l'existence des cassettes et de la clé puisqu'ils nous poursuivaient.

Cette réflexion me ramena à la réalité. L'absence de Nicole se prolongeait outre mesure. S'il fallait que...

Une bousculade se produisit alors à l'entrée de l'appartement. J'entendis des jurons en anglais et, avant que j'aie pu songer à imaginer une stratégie, la porte s'ouvrit avec fracas et Nicole, vêtements en lambeaux, fut projetée sur le plancher de la cuisine par deux armoires à glace à tête de tueurs. L'un d'eux pointa aussitôt une arme dans ma direction :

– You, fucking bastard, just move a finger and you're dead!

L'arme étant munie d'un silencieux, j'obtempérai sans trop protester.

Le copain du tueur releva Nicole, dont la lèvre inférieure saignait, et il la poussa jusque dans la pièce où je me trouvais. La jeune femme, qui semblait à bout de forces, tomba sur le lit.

Les deux salauds se consultèrent à voix basse. J'entendis les mots *cassettes* et *clé*.

J'étais paralysé. L'un de types s'approcha de moi et, après m'avoir écrasé son poing dans la figure, il exigea que je lui remisse la clé du coffret. Il confisqua également les cassettes, puis me demanda où se trouvait le coffret. Comme il ne comprenait pas le nom de la caisse, je dus le lui écrire sur un bout de papier.

Qu'allaient-ils faire de nous ? S'ils tuaient Nicole, ça ne lui ferait pas très mal vu que c'est un personnage de roman.

Mais moi ? J'existais vraiment et je ne tenais pas à disparaître (même si j'eus pu, d'un trait de plume, rayer ces deux connards de mon existence et passer à autre chose.)

Au moment où l'une des brutes commençait à jouer avec moi à la roulette russe en me braquant son revolver contre la tempe, je préférai tomber dans les pommes.

Quand je revins à moi, mon ami venait de rentrer du travail. Les bandits étaient allés se faire voir ailleurs. Nicole pleurait. J'essayai de la consoler comme je pus.

Nous eûmes bientôt des nouvelles de Dropaôtt par les médias. Tout était flou, contradictoire. Je décidai de mener ma propre enquête. Je me rendis sur les lieux à Boston. J'interrogeai des gens comme Ézéchiel, qui avait joué un rôle important dans la suite de l'aventure. C'est ainsi que je pus réunir la documentation nécessaire à la rédaction des pages qui suivent. Pour éviter la monotonie d'un compte rendu aride, j'ai décidé de présenter le texte comme si Dropaôtt l'avait lui-même écrit. Qu'on me pardonne cette liberté!

Jeudi matin, huit heures

L'opticien : « J'ai vendu mon droit d'aînesse pour un plat de lentilles cornéennes. »

L'extra-terrestre : « Chérie, qu'est-ce qui ne va pas ? Tu n'as pas l'air dans ta soucoupe aujourd'hui! »

La bonne Franquette : « Moi, j'aime ça quand Monsieur et Madame font jouer de la musique classique...Surtout les concertos grosso modo. *»*

Tirées de la biographie de Papartchu Dropaôtt intitulée
Ça se prononce comme ça s'écrit

Salut, les copains! Ici votre Dropaôtt chéri! [Cette première phrase ayant naturellement pour but de créer chez vous, d'entrée de jeu, l'illusion que c'est bel et bien votre héros qui vous parle. (Cet ajout ayant naturellement pour but de vous rappeler que ce n'est pas le cas.)] *Vous voulez savoir ce qui s'est passé après que j'eus expédié les cassettes à Nicole ? Eh bien, voici! À huit heures, je fus réveillé par un bruit de succion et une sensation très agréable au sud de la région abdominale.*

C'était Angela qui débutait la journée en grande pompe.

Vraiment insatiable, cette fille ! Quand je lui appris que les aphrodisiaques de la veille étaient des somnifères, elle éclata de rire. Elle me dit que j'avais bien fait; sinon, elle aurait été incapable de se lever pour aller bosser. Tout en petit déjeunant, je lui expliquai ma situation financière. Elle ne m'en voulut pas d'avoir pigé dans son sac l'argent des cassettes. Elle offrit même de me prêter la somme que je voudrais. Je lui demandai deux cents dollars pour commencer. Elle me dit qu'elle passerait à la banque à l'heure du déjeuner et qu'elle laisserait l'argent sur la table de la cuisine, si toutefois j'étais absent à ce moment-là. Elle me remit le double des clés de son appartement, ce qui m'étonna énormément de la part d'une Américaine (l'insécurité crée la méfiance).

Nous sortîmes ensemble. Elle travaillait à deux pas, au Massachusetts General Hospital. *Elle m'indiqua le chemin jusqu'à la gare d'autocars et nous nous séparâmes après nous être embrassés passionnément. Comme nous étions dans la rue, elle ne me fit pas le coup de la main passée sur le devant du pantalon (ah puritaine Amérique!). Elle se contenta de me susurrer :*

– I just can't wait for tonight!

Je lui dis en termes polis que je ne manquerais certes pas d'honorer sa couche. Elle frissonna de plaisir et partit, le sourire aux lèvres. Je la regardai s'éloigner, le cœur ému et le sexe jappant après elle.

Je tournai les talons. Sur le chemin de la gare, je rencontrai une foule de gens qui se rendaient à leur boulot au centre-ville. *Je vis des hommes en complet chic, ayant à la main un petit sac brun qui dissimulait une bouteille d'alcool, à laquelle ces* bizenessmen, *vaincus par le stress, s'abreuvaient tous les dix pas en se souciant comme de l'an quarante de l'opinion d'autrui (ah pauvre Amérique!)*

Plus loin, je vis une vieille femme errer entre les tables extérieures d'un fast food, *disputant à des pigeons les restes d'un cornet de frites, d'un hot-dog ou d'une boisson gazeuse.* Land of the freaks...*Jungle capitaliste où seuls survivent les plus forts et où pourrissent, dans des conditions inimaginables, ceux qui sont nés moins égaux que les autres.*

J'arrivai à la gare d'autocars. La faune qui hantait cet endroit était, comme partout ailleurs dans le monde, très particulière : des gens qui se donnaient un air important, mais dont les vêtements trahissaient l'existence médiocre; d'autres qui n'avaient jamais voyagé que dans leur tête et qui, à chaque annonce faite au haut-parleur, tendaient l'oreille dans l'espoir qu'une voix anonyme leur dise, à eux seuls, que l'heure de partir était enfin venue; des arnaqueurs à la recherche de pigeons; et, enfin, quelques voyageurs. Au comptoir d'expédition, je remis à un employé la précieuse enveloppe et je quittai les lieux.

Pour ne pas risquer d'être repéré, j'évitai les taxis et je fis à pied le trajet jusqu'à Aspinwall Avenue (un peu plus d'une demi-heure de marche). Il suffisait de suivre Boylston.

Ma voiture était toujours garée près de la maison où j'avais été fait prisonnier. Je m'en approchai avec la plus grande prudence. Personne autour de la bagnole ni à l'intérieur. Le cadeau semblait trop beau. Le dimanche précédent, j'avais oublié de verrouiller les portes. Je sondai la portière avant gauche et elle s'ouvrit. Merci, Grand Manitou!

Je m'installai au volant. Je passai une main sous le siège avant. Je tâtai bientôt une forme rassurante : mon troisième revolver. Je le retirai de son étui et le ramenai vers moi. « Salut, toi! » lui dis-je en l'embrassant, tant sa présence me réconfortait (qui vient de chuchoter : « il dénonce la zoophilie, mais il va bientôt baiser avec des armes à feu! » ? Franchement, les gars! Vous cassez l'ambiance.)

Sous la moquette, près des pédales, dormait également un jeu de clés de rechange. Je le tirai de sa cachette. Au moment de mettre le contact, cependant, j'entendis dans ma tête le signal d'alarme du petit bonhomme qui me sert de sixième sens.

« C'est vrai, me dis-je. Tout cela est trop facile. »

Je sortis de la voiture, je soulevai le capot et, en fouillant un peu, je ne tardai pas à découvrir que le contact était relié à une bombe. Un geste de plus et j'étais pulvérisé. Je désamorçai l'engin avec le plus grand soin. En retirant la boîte de plastique qui contenait les explosifs, je constatai qu'on y avait collé un bout de papier. Je pris connaissance du message : We'll get you anyway, sucker! (On finira bien par t'avoir, crétin!)

J'étais consterné. Ils étaient forts, ces mecs! Je quittai les lieux dans un état de perplexité avancée.

Je me baladai pendant une heure dans les environs du Prudential Center et du Sheraton Plaza, espérant que la *présence des colonnes phalliques qui se dressent à cet endroit m'inspirerait une idée géniale. Je notai que l'hôtel se trouvait juste en face de la tour John Hancock. Un déclic : l'indice découvert dans la chambre de Gilles (Sam Packyou, consultants, John Hancock Tower). Un réseau de souterrains devait relier les immeubles à l'intérieur de ce périmètre. Je poussai plus loin ma réflexion : les bureaux et les laboratoires (en fait, le quartier général) d'une puissante organisation devaient se trouver, à l'insu des Bostonnais, dans les profondeurs de la terre, en plein cœur de leur ville.*

À onze heures trente, j'en avais assez de tourner en rond et j'avais faim. J'avais repéré, près du Daisy Buchanan's, *un petit restaurant macrobiotique appelé le* Sanae. *Je décidai de l'essayer, en espérant, comme m'avait affirmé Gilles, que cette nourriture ferait de moi, en un tournemain, le plus grand héros que la Terre eût jamais porté.*

Le Sanae...*Une dizaine de tables installées dans un sous-sol. Propreté impeccable, macrobiotique. Je pris une soupe miso, une* tempura *et un thé* bancha. *Certes, comme tout Nord-Américain gavé d'épices et de chimie, je trouvai la bouffe un peu fade. Je liai conversation avec mon voisin de table. Je lui fis la remarque que je viens de vous faire. Il me répondit (en anglais, naturellement – mais je vais vous donner la traduction française, vu que votre connaissance de la langue de Shakespeare s'arrête aux aventures de Peter et Betty de votre manuel d'anglais de 7ᵉ année) :*

– Tu sais, si tu fais manger du sucre blanc à un enfant macrobiote (autrement dit, un enfant qui n'a pas connu la

chimie alimentaire depuis sa naissance), il le recrachera aussitôt, car ça lui brûlera la langue.

– Notre organisme est donc empoisonné sans que nous nous en rendions compte ?

– Tu l'as dit, bouffi! répondit-il de brut en blanc, comme un certain M. Sucre (mais de façon beaucoup moins raffinée). Qui pis est, notre esprit est aussi atteint et, par voie de conséquence, notre vision du monde s'en trouve complètement déformée. Nous avons dès lors tendance à tout normaliser *: la violence, la malhonnêteté et la perversion deviennent des phénomènes* normaux. *Même l'Art connaît une dégénérescence sans nom, car il est entre les mains de bouffeurs de drogue, de buveurs de café et d'alcool qui ne font rien d'autre, dans leurs œuvres, que* d'évacuer *à tort et à travers les poisons qui coulent dans leurs veines, alors qu'ils devraient montrer au monde le chemin du paradis sur terre. Malgré tout, cela est bon, car* chaque médaille a son revers. *L'époque actuelle est une sorte de test – un examen d'entrée dans l'ère nouvelle qui approche. Parmi toutes les voies qui s'offrent à l'homme contemporain (*beaucoup parleront en mon nom*), bien peu lui permettront de s'adapter convenablement aux changements. Seuls les êtres humains les plus lucides (les moins empoisonnés) sauront où diriger leurs pas...*

Je remerciai le type pour son petit laïus et je quittai les lieux le cœur léger. Je me baladai un peu en ville avant de retourner chez Angela. Elle déjeunait chez elle et devait sûrement espérer que je lui fasse un quickie *avant qu'elle ne retourne au boulot. Or, j'avais besoin de toutes mes énergies pour la manche décisive. J'attendis donc jusqu'à une heure trente avant de me pointer à l'appartement.*

Je trouvai les deux cents dollars avec un petit mot gentil : Back at five. Will you spend the night with me ? I've bought some eggs – they're in the fridge. Love you. Angie.

Y a pas à dire, mon hôtesse ne pensait vraiment qu'à ça (un peu comme vous autres, d'ailleurs!)

J'empochai l'argent puis, après avoir consulté le bottin, je rendis une petite visite à la boutique de déguisements *la plus proche. Une demi-heure plus tard, j'étais de retour avec une trousse qui devait, en moins de trois, me rendre méconnaissable (la publicité sur la boîte affirmait même :* You won't even be able to recognize yourself! *(vous serez incapable de vous reconnaître!) À trois heures quinze, j'étais devenu un homme d'affaires de cinquante ans, un peu chauve et ridé.*

Je téléphonai chez Sam Packyou. Je leur racontai qu'un de mes amis – un fabricant de petits gâteaux sucrés-sucrés – m'avait recommandé la boîte; que je me spécialisais dans les conserves salées-salées et que je voulais en savoir plus sur les possibilités de pénétration de mes produits sur le marché américain. J'y allais vraiment à tâtons (et trois quarts). On me passa un type qui disait s'appeler A.W. Harvey MacDonald, surnommé « Bullshit King ». Il me posa toutes sortes de questions indiscrètes sur mon entreprise. Je coupai court à l'interrogatoire en lui disant que je préférerais de beaucoup m'adresser à lui de vive voix. Il me proposa un rendez-vous la semaine suivante. Je lui dis que je reprenais l'avion le lendemain matin. Il me mit en attente et, au retour, proposa de me recevoir à son bureau à seize heures trente.

À seize heures vingt-cinq, j'entrais dans la tour John Hancock. Quatre minutes plus tard, Louis de Fournaise, industriel québécois, était conduit par une réceptionniste à gros derrière au bureau du sieur Macdonald. Je laissai fureter mon regard partout, mais rien ne ressemblait plus à un cabinet d'experts-conseils que cette boîte. Belle façade, me dis-je.

Nous arrivâmes bientôt.

— Come in, me lança un grand type en me tendant la main.

Il m'indiqua un siège, m'offrit un cigare, un verre d'alcool, du chewing-gum, un café, une revue cochonne, une prise de tabac, tous excitants que je refusai poliment.

— So, what can we do for you, mister...?

— De Fournaise! Louis de Fournaise, as a matter of fact!

Je lui posai mille questions sur le cabinet Sam Packyou. Il répondit avec un tel brio que je commençai à me demander si le message de Gilles n'était pas aussi un faux. Je ne savais que penser.

C'est alors que mon interlocuteur se mit à son tour à me bombarder de questions sur les produits que je fabriquais. J'inventai au fur et à mesure. Pour tout dire, je me sentais aussi ridicule qu'un type qui se présente à un bal costumé déguisé en souris et qui se rend compte que tout le monde est habillé en chat.

Le type consulta sa montre. Il était cinq heures trente. Il sourit alors de tous ses dentiers et me dit dans un excellent français :

— *À présent, voulez-vous visiter nos bureaux*, M. Papartchu *?*

— *Quoi ? Qu'est-ce que c'est ? fis-je l'innocent (en fait, l'innocent que j'étais était complètement figé!)*

— *Voyons, M. Papartchu, soyez* bon *joueur.*

— *D'accord, répliquai-je en tirant mon revolver.*

— *Voilà qui est mieux, reprit l'autre en éclatant de rire.*

— *Comment m'avez-vous reconnu ? m'enquis-je.*

— *Nous savions que votre enquête vous conduirait ici tôt ou tard. Disons que nous vous attendions.*

— *Au fond, c'est peut-être mieux ainsi. Nous allons pouvoir passer tout de suite aux choses sérieuses. J'exige que vous libériez Gilles L'Hévent et Thomas Kériotte.*

— *Vous y allez un peu fort. Qui vous dit que nous les* avons en prison *?*

— *N'essayez pas de finasser avec moi. Sam Packyou est une façade qui cache une organisation internationale installée sous la tour John Hancock...*

— *Vous croyez donc aux histoires de James Bond, M. Papartchu ? Croyez-vous aussi au père Noël ?*

— *Trêve de plaisanterie. Conduisez-moi sur-le-champ auprès de mon copain Gilles.*

— *Et si je refuse ?*

— *Je vous brûle la cervelle et je pars seul à sa recherche.*

— *Vous n'arriverez jamais jusqu'à lui sans mon aide. Et puis, vous n'êtes pas homme à tuer quelqu'un de sang-froid.*

— *Vous avez raison. J'aimerais toutefois vous faire une petite remarque.*

– *Quoi donc ?*

– *Vous parlez trop bien français. Je suis sûr que les critiques crieront à l'invraisemblance.*

– *Je peux faire plus d'erreurs, si vous voulez.*

– *Je vous en saurais gré. Donc, où en étions-nous?*

– *Nous étions dans une cul-de-sac, je crois.*

– *Ah oui! Je vais donc vous ligoter et vous bâillonner, puis j'explorerai vos bureaux bidon. Je finirai bien par tomber sur M. Packyou lui-même.*

– *Il ne sera à son bureau que demain matin.*

– *C'est ce que nous verrons.*

A.W. Harvey Macdonald se retrouva bientôt ficelé à son siège avec le fil du téléphone et rendu muet par son mouchoir de poche, la pochette de sa veste et deux ou trois autres bidules que j'enfonçai avec plaisir dans sa sale gueule.

Satisfait, j'allai entrouvrir la porte du bureau. À gauche, le couloir s'étirait à l'intérieur de la tanière de Sam Packyou. J'y trouverais sans doute le bureau du Big Boss et, avec un peu de chance, l'ascenseur secret menant au sous-sol. À ma droite, le couloir retournait vers l'entrée. Il n'y avait personne ni d'un côté ni de l'autre. Je me glissai à l'extérieur et je m'enfonçai à pas de loup dans le repaire des méchants-méchants. À une dizaine de mètres, le couloir faisait un coude. Deux gardes armés apparurent. J'étais coincé.

– *Hep you! me cria l'un d'eux en dégainant son arme.

Je fis feu dans leur direction. Ils se mirent à l'abri dans l'angle du couloir et tirèrent à leur tour. Il ne me restait plus qu'à fuir vers la sortie. Mon plan avait lamentablement échoué.

Je m'élançai dans la direction opposée aux gardes. Je parvins sans encombre à la réception. La réceptionniste avait quitté son bureau, mais la porte n'était pas verrouillée.

Deux minutes plus tard, j'étais hors de danger, loin de la tour John Hancok. Je montai dans ma bagnole et je retournai chez Angela. Il était près de six heures. Elle devait m'attendre impatiemment. Je me garai devant son immeuble. Au moment où je descendais de voiture, j'aperçus une silhouette familière qui sortait du bâtiment et qui semblait pressée de fuir les lieux. Je n'en croyais pas mes yeux : Thomas.

– Hé, Thomas! criai-je.

Il se tourna vers moi, hésita un instant, puis il prit les jambes à son cou, les orteils dans les cheveux.

« Suis-je bête! me dis-je. Il ne me reconnaît pas puisque je suis déguisé.

Je me mis à sa poursuite.

– Hé Thomas! C'est moi, Dropaôtt! Tu n'as rien à craindre.

Il refusa de me croire et disparut bientôt dans une ruelle.

– Merde de merde! ronchonnai-je en revenant sur mes pas.

Le pauvre! Il avait sous doute réussi à s'évader et, se souvenant de ma rencontre avec Angela, il était venu jusqu'ici. Comme elle n'était pas chez elle (elle avait peut-être été retardée), il était ressorti et était tombé sur un type qu'il ne connaissait pas, mais qui semblait le connaître, lui! Pris de panique, il avait fui. Comment le retrouver ?

J'entrai dans l'immeuble. Comme j'avais la clé, je montai directement à l'appartement. En ouvrant la porte, je vis Angela, étendue dans le salon, nue. Elle baignait dans son sang.

Je restai là pendant un moment, pantelant, stupéfait et autres épithètes exprimant l'abasourdissement le plus complet. Je me ressaisis enfin et je me précipitai vers la jeune femme. Elle respirait encore, mais son pouls était à peine perceptible. Son esprit devait déjà voguer vers l'au-delà.

– Angie!

Elle ouvrit les yeux, sourit faiblement et murmura:

– Oh it's you, love!

Puis, elle se mit à sangloter :

– I don't want to die!

J'essayai de la réconforter en lui affirmant que les médecins la sauveraient mais, avec trois ou quatre balles dans le corps, ses chances étaient bien minces. Elle me raconta qu'à son arrivée, un type l'attendait dans le hall et qu'il l'avait menacée d'une arme. Elle était montée avec lui. Il l'avait obligée à se déshabiller et l'avait sodomisée. Il l'avait également interrogée. Elle avait révélé tout ce qu'elle savait, notamment au sujet des cassettes et de la clé du coffret de sûreté. [Ce qui explique pourquoi les méchants se sont mis aussitôt aux trousses de Nicole.]

Angela venait de fournir un effort suprême. Cette nature enflammée s'éteignit dans mes bras. Près d'elle se trouvait l'arme du crime, munie d'un silencieux.

Je l'examinai. C'était un de mes revolvers. Une série de déclics se produisirent dans mon cerveau. Je glissai l'arme dans ma ceinture, je ramassai en vitesse mes affaires et je quittai les lieux. Un hurlement de sirènes se rapprochait. J'avais du sang sur mes vêtements. Que faire ? Le plan des méchants avait été soigneusement exécuté...par Thomas. *Rien que d'y penser, une rage meurtrière montait en moi. Mais, pour le moment, j'avais d'autres chiens (sales) à fouetter. Je déboulai les escaliers, sans savoir où aller. Ce fut une petite vieille, qui sortait de son appartement, qui me sauva la vie. Je la bousculai et la forçai à réintégrer son domicile. Je lui fis clairement comprendre que j'avais besoin de sa collaboration. Elle s'évanouit, ce qui me permit de travailler plus à l'aise. Je fouillai la piaule. La vioque habitait apparemment avec sa sœur. Celle-ci était absente et, comme je le découvris dans le placard de sa chambre, de la même corpulence que bibi (merci, gars des vues!) Pendant que les sirènes s'arrêtaient devant l'immeuble, je m'installai devant une glace et je me fis une laideur – autrement dit, je me métamorphosai en vieille frangine décrépite. C'est ainsi que je pus, sans trop de mal, franchir le barrage de flics. Quand on m'interrogea, je jouai à la femme sourde comme un pot (de chambre). Comme de raison, je n'avais rien entendu. Quoi ? Une jeune fille assassinée ? Oh Dieu du Ciel! My God and all the saints! Quoi ? Mon nom ? Non, je ne prends jamais l'avion, monsieur! Je vins rapidement à bout de la patience de l'inspecteur, qui me laissa sortir. Ouf! Je démarrai au volant de ma bagnole après avoir entendu un flic dire à un collègue que l'assassin, un*

Québécois, était très dangereux et qu'il faudrait l'abattre à vue. Heureusement qu'ils n'avaient pas songé à jeter un coup d'œil aux plaques d'immatriculation des voitures garées devant l'immeuble...

Tout en me dirigeant vers le sud de la ville, où campaient les Côtepentistes, je rassemblai les pièces du casse-tête.

Les méchants placent sur notre route un type qui joue à la perfection son rôle d'imbécile, à tel point qu'il endort complètement notre méfiance. Ce mec, Thomas Kériotte, échoue dans sa tentative de nous faire arrêter à la frontière pour possession de drogue. Pour éloigner de lui tous les soupçons, les méchants ont ensuite la brillante idée d'organiser un attentat à la grenade. La réaction incroyablement rapide de Thomas étonne Gilles, qui ne pousse toutefois pas plus loin sa réflexion. Une fois à Boston, Thomas se charge d'exciter mes bas instincts afin de faciliter l'enlèvement de Gilles. Le lendemain, il se présente à l'auberge comme si de rien n'était. Nous tombons dans le piège de l'avenue Aspinwall.

Mais pourquoi les méchants m'ont-ils fait croire qu'ils infligeaient à Thomas les mêmes tortures qu'à Gilles et à moi ? C'est qu'ils avaient une idée derrière la tête : la disparition et l'assassinat de Papartchu Dropaôtt auraient donné lieu à une enquête qui eût pu mener jusqu'à l'organisation. Il fallait procéder autrement. On facilita mon évasion et, sachant que je me réfugierais chez Angela, on organisa un meurtre crapuleux qui me serait de toute évidence imputé. Pendant que A.W. Harvey MacDonald me retenait chez Sam Packyou, Thomas *violait et tuait ma charmante hôtesse. Il suffisait ensuite de convaincre la police que j'étais extrêmement dangereux et les flics (qui ont la gâchette facile aux États-Unis) n'hésiteraient pas à m'abattre. Toute enquête ultérieure s'arrêterait à Angela. L'organisation était sauve – à condition, bien sûr, de récupérer les cassettes et la clé du coffret de sûreté que j'avais envoyés à Nicole (ce qui fut fait le lendemain). Quant à Gilles, on devait tout bonnement se proposer de le faire disparaître. Il n'avait pas de famille et avait peu d'amis. Pauvre Gilles! Ne crains rien, je volerai bientôt à ton secours...*

Quand j'arrivai au campement, je me crus transporté en pleine histoire sainte. Sur un vaste terrain, au milieu duquel s'élevaient une petite église et une sorte de presbytère (qui ressemblait de loin à un hangar), s'entassaient des milliers de tentes de toutes dimensions. On eût dit les Israélites au désert. Le soleil se couchait sur ce paysage grandiose. Quelle tâche ardue cependant de dénicher Ézéchiel parmi cette multitude! Je m'informai à droite et à gauche à des gars un peu partis mais sympathiques, à des filles au visage d'ange, et chacun y allant de son petit renseignement, je me retrouvai bientôt devant la tente du Rendez-Vous.

– Ézéchiel! criai-je.

Le Côtepentiste sortit et m'examina, étonné. J'eus un peu de mal à lui faire admettre que la vieille dame indigne qu'il avait devant lui n'était autre que Papartchu Dropaôtt. Je lui demandai un gant de toilette et je me débarrassai de mon maquillage.

– Ah c'est vous! Comme je suis content de vous voir!

Entrez.

Je le suivis dans la tente, qu'il partageait avec deux autres Côtepentistes. Assis sur un sac de couchage, je lui racontai par le menu ce qui m'était arrivé depuis notre dernière rencontre.

— Josué vous offrira sûrement l'asile! Nous ne doutons pas de votre innocence. Ces bandits n'ont donc aucun scrupule ? Que Dieu leur pardonne!

— Qui est Josué ? m'enquis-je.

— Le chef de la délégation québécoise. C'est le chef de file du mouvement au Québec. Un type extraordinaire. Il est très ouvert.

— Et tu l'as convaincu du bien-fondé de la théorie de Gilles ?

— Nous en avons beaucoup discuté. Il n'est pas contre, mais il aimerait en savoir plus. Nous devrions d'ailleurs lui rendre visite. Venez, dit-il en se levant.

Josué était un gros barbu aux cheveux longs. Jovial et amène, il avait beaucoup d'ascendant sur ses ouailles. Je l'aurais plutôt imaginé dans la peau d'un bûcheron que dans celle d'un leader religieux.

— Moïse a conduit les Israélites à la Terre Promise, mais c'est Josué qui les y a fait entrer, m'expliqua-t-il quand je lui demandai pourquoi il avait choisi ce nom. Je n'ai pas la tête enflée pour autant car, ici même au Ralliement, il y a au moins une vingtaine de Josué.

Il éclata de rire. Reprenant son sérieux, il me pria de lui raconter ce que je venais de confier à Ézéchiel.

– *Que comptes-tu faire ? me demanda-t-il quand j'eus terminé.*

– *Je n'ai pas le choix. Je dois libérer Gilles, si toutefois il est encore en vie. Ensuite, si je veux pouvoir m'en tirer, je dois attirer l'attention du public sur l'organisation. La solution : me rendre sur place et prendre en otage le président de la société.*

– *Il s'agit là d'une mission presque impossible. Comment t'y prendras-tu ?*

– *L'organisation a présentement tous les atouts en main, sauf un.*

– *Lequel ?*

– *Vous autres.*

– *Nous autres ?*

– *Oui! Je suis certain qu'on ignore chez Sam Pakyou que j'ai repris contact avec Ézéchiel, donc avec les Côtepentistes. On ne sait pas non plus que j'ai trouvé asile chez vous ni que vous êtes prêts à m'aider...*

– *T'aider, d'accord! Mais n'oublie pas que nous sommes des gens essentiellement pacifiques.*

– *C'est justement dans un rôle passif mais essentiel que je voudrais vous employer. Voici, selon moi, ce que pensent nos ennemis : « Papartchu Dropaôtt est traqué par la police. Il pourrait tenter de retourner au Québec, mais son problème ne serait pas réglé pour autant. Et puis, il est trop chevaleresque pour abandonner son ami Gilles. Il essaiera donc de s'introduire chez nous pour le libérer. Pour mettre toutes les chances de son côté, il agira nuitamment. » Or, avec votre aide, j'agirai* en plein jour, *en comptant sur l'effet de surprise pour vaincre l'adversaire.*

Je lui expliquai mon plan. À dix heures, Josué avait réuni les chefs des douze délégations (Québec, Ontario, Maritimes et Nouvelle-Angleterre). Une heure et demie plus tard, il les avait tous ralliés à sa cause. À minuit, la consigne circulait dans le campement.

Une matinée torride s'annonçait et ce, à tous points de vue...

Vendredi matin, huit heures

PAROLES DE PAPARTCHU DROPAÔTT (3)

Le pyromane: « Y a pas de fumée sans fou! »

Le percepteur d'impôt : Dans ma famille, nous faisons ce métier de père en fisc! »

Le riche : « Chez nous, la chère était bonne et la bonne était cher. »

Tirées de la biographie de Papartchu Dropaôtt intitulée
Ça se prononce comme ça s'écrit

Un portrait-robot de votre humble serviteur était reproduit dans l'édition du matin des journaux de Boston avec la mention : suspect très dangereux. *J'utilisai donc de nouveau ma trousse de déguisement et, en moins de deux et demi, grâce à une perruque et une fausse barbe, je devins un Côtepentiste des plus respectables.*

À huit heures, un office religieux réunissant les douze tribus eut lieu sur une plateforme qu'on avait dressée devant l'église. À la fin de la cérémonie, le prédicateur me présenta à *la foule :*

— Cet homme est bon. Il combat le Mal. Son comportement n'est certes pas toujours recommandable, mais il s'efforce de faire triompher la vérité et c'est ce qui importe. Regardez-le bien. Si vous le voyez ce matin, à pied ou au volant de sa voiture (il désigna ma bagnole, garée devant la plateforme), laissez-lui la voie libre et faites en sorte qu'il puisse se déplacer librement. Cet homme accomplira aujourd'hui une mission très importante. Que Dieu le bénisse!

Je vous avoue que j'étais un peu gêné d'être ainsi le point de mire de 5 000 personnes. On chanta un genre d'alléluia jazzé en mon honneur, puis je descendis de la plateforme. La foule se dispersait. Josué et Ézéchiel m'attendaient près de ma voiture pour me souhaiter bonne chance.

Je quittai le campement la peur au ventre. Je me sentais horriblement seul. Je jetai un coup d'œil par le rétroviseur : une caravane de mille voitures, fourgonnettes et motos se formait à l'entrée du campement.

Nous étions à une quinzaine de kilomètres du centre-ville. J'arrivai dans les environs de la tour John Hancock une demi-heure avant les Côtepentistes. Je garai ma voiture dans le stationnement intérieur du Sheraton Plaza.

Je me mis à chercher la porte par où je m'étais échappé. J'errai quelques minutes entre les étages avant de la trouver. Naturellement, elle était verrouillée de l'intérieur. Je fis sauter la serrure avec une balle de revolver.

Personne de l'autre côté. Un long couloir sombre

s'étirait devant moi. Je le suivis, l'œil aux aguets, les oreilles en éveil et la tête pleine de... tam ti delam...(non, c'est pas tout à fait ça! Enfin...)

Après un coude, le couloir s'éclaira, mais demeura tout aussi désert. Que se passait-il ? L'organisation avait-elle décidé de déménager ailleurs ses pénates et toutes ses autres saloperies (« Hé! gueulent les pénates. On n'est pas des saloperies. »)

Je continuai de m'enfoncer dans le labyrinthe souterrain. Je reconnaissais les endroits où j'étais passé lors de mon évasion. Des portes verrouillées (ou qui s'ouvraient sur des pièces vides) se découpaient çà et là dans les murs métalliques.

Nouvel embranchement...Je me retrouvai devant les cellules où on nous avait enfermés. Le rouge des murs me donna la nausée. Je fouillai la cellule de Gilles dans l'espoir de découvrir un indice. Rien.

J'allais sortir quand j'entendis des pas. Je refermai la porte en souhaitant qu'on n'ait pas la brillante idée de la verrouiller et j'attendis. Trois gardes passèrent. Ils parlaient de préparatifs pour la soirée.

— Il n'est pas venu cette nuit, disait l'un d'eux. Il tentera sûrement sa chance la nuit prochaine.

Les pas s'évanouirent. Je sortis de la cellule et je poursuivis mon exploration.

Un troisième embranchement...Au bout du couloir, il y avait beaucoup de va-et-vient. Nul doute que je serais vite repéré si je me hasardais là-bas déguisé en Côtepentiste. Quel *était donc le meilleur moyen de passer inaperçu, selon vous et les deux mille films de troisième ordre qui ont représenté ce genre de situation ? Voilà! Je devais trouver un gars qui voudrait bien me prêter ses vêtements.*

Le Grand Manitou ne tarda pas à m'en envoyer un. Croyez-le ou non, il était de la même taille que moi.

J'utilisai une autre tactique ringarde, inspirée elle aussi des films de série Z de ma jeunesse. Quand le type passa près de la porte derrière laquelle j'étais caché, je fis entendre un petit sifflement d'admiration, comme celui des employés de la voirie municipale quand s'avance vers eux sur le trottoir une gonzesse aux formes épanouies (ils ne font d'ailleurs que ça, les cols bleus : siffler après les belles filles, au lieu de bosser.)

Mon garde s'arrêta, étonné et ravi. Il rajusta son nœud papillon et poussa la porte que j'avais laissée entrebâillée. Je l'expédiai illico au pays des rêves.

Pour pouvoir être reconnu plus tard par les Côtepentistes, j'enfilai l'uniforme du garde par-dessus mes vêtements et je dissimulai mes cheveux et ma barbe postiches dans ma chemise.

Je sortis de ma cachette et je me retrouvai bientôt au cœur du bunker souterrain. Une activité fébrile y régnait. Je vis des hommes et des femmes en sarrau blanc, en complet-veston ou en uniforme de garde. Tous ces pions au service du complot SS (sel-sucre) avaient l'air très occupé. Comment trouver Gilles dans cette cohue ?

Un écriteau sur une porte attira mon attention : OPERATING ROOM. C'était probablement à cet endroit qu'on m'avait fait voyager entre ciel et terre. Je décidai d'explorer les lieux. J'entrai. Un couloir s'étirait jusqu'à une double porte comportant deux hublots.

Je m'avançai et je risquai un œil par l'un des hublots. C'était bien la sale salle où j'avais connu la vie après la vie. Une intervention chirurgicale s'y déroulait. J'essayai de voir la tête du patient, mais les médecins et les infirmières se déplaçaient tout le temps. Soudain, je vis...Gilles!

On n'était pas en train de charcuter mon copain. On semblait plutôt essayer de le réanimer. Ah les salauds! Ils lui avaient sans doute fait subir le même traitement qu'à moi.

Je dégainai mon arme et je fis irruption dans la pièce.

Le médecin qui administrait à Gilles des chocs électriques pour le ramener à la vie s'interrompit. Je hurlai à son adresse:

– Keep it on, you bastard! And you better get him back!

Les hommes et les femmes en blanc étaient sidérés. Ils devaient penser qu'un garde était devenu fou. Je les engueulai vertement, puis j'exigeai qu'ils se ligotent les uns les autres. Le médecin parvint enfin à réanimer Gilles. Mon copain ouvrit les yeux et me vit à ses côtés :

– Salut, toi! Je savais bien que tu reviendrais. En vérité, je n'ai jamais douté de tes capacités. Mais je crois qu'il est trop tard. Ils m'ont gardé trop longtemps dans l'au-delà.

– Voyons! Je vais te tirer d'ici en moins de deux.

J'avais les larmes aux yeux, car je savais bien qu'il était foutu. Déjà ses yeux étaient à moitié révulsés.

– Non, je vais mourir. J'ai commis une erreur avec

Thomas. J'ai refusé jusqu'à la fin de croire qu'il était avec eux. Pourtant, son nom aurait dû me mettre la puce à l'oreille. Kériotte ou Kérioth, c'est la ville de naissance de Judas. Judas l'Iscariote, c'est-à-dire né à Kérioth...*Je suis sûr aussi qu'on a abaissé artificiellement son iris par un quelconque procédé chimique. Car Thomas est sans nul doute* sanpaku. *J'aurais dû être plus éveillé. Il y a encore trop de chimie en moi. Que comptes-tu faire à présent ?*

— Eh bien, nous allons sortir de ce trou à rat. Puis, je prendrai Sam Packyou en otage. Je sais qu'il est à son bureau ce matin.

En deux mots trois jurons, je le mis au courant de la situation.

— C'est bien, dit-il. Fuis, mais seul.

— Je ne peux pas te laisser ici.

— Tu ne veux tout de même pas emporter mon cadavre. Il ne me reste que quelques minutes à vivre. Mes mains et mes pieds sont déjà glacés. Va! Prends Sam Packyou en otage et réfugie-toi à Cambridge chez le professeur Risatori, 18, rue Blanche. C'est un homme de science très sérieux. Il connaît un peu mes travaux. Il t'aidera à poursuivre le combat. Il faut à tout prix détruire cette organisation...

Ses yeux se révulsèrent tout à fait et un souffle sifflant sortit de sa poitrine. Gilles L'Hévent n'était plus de ce monde.

J'assommai le médecin, je vérifiai la solidité des liens de ses assistants et je quittai la salle.

Je ne tardai pas à découvrir l'ascenseur qui donnait accès aux bureaux de Sam Packyou, consultants.

À neuf heures quarante-trois, j'entrai dans le bureau du patron. Il était avec sa secrétaire.

— What is it ? demanda-t-il avec colère.

— Well, sir, I think you'd better stand up and come with me.

Le lourdaud, adipeux de partout, déposa son cigare dans un cendrier et dit :

— Ah! C'est vous, M. Papartchu. Quelle surprise! Je suis réellement étonné.

— Vous parlez français ? Tant mieux. Ça emmerdera moins mes lecteurs, repris-je avec très peu de vergogne. Allons, debout, gros tas de merde!

— Vous n'êtes pas très poli.

— Je n'ai pas l'habitude de l'être avec des ordures de votre espèce.

Il se leva.

— Bon! Où allons-nous ?

— Ça ne vous regarde pas. Je vous prends tout simplement en otage jusqu'à ce que ma situation soit régularisée avec la justice de ce pays.

— Nous n'emmenons pas M. L'Hévent ?

— Il vient de crever et ce, par ta faute, grosse merde!

— Je suis désolé.

Je lui administrai une taloche.

— Moi aussi, je suis désolé pour la taloche.

La secrétaire émit un ho! *désapprobateur. Je l'assommai pour lui apprendre à se la fermer. Puis, j'empoignai Sam Packyou par derrière en pointant mon revolver contre sa tempe et je l'entraînai vers la sortie.*

— Ce que vous faites est inutile. Mes employés appelleront la police qui accourra ici en force. Vous ne pourrez pas vous échapper.

— C'est ce que nous verrons.

Nous sortîmes du bureau sous les regards horrifiés du personnel. L'ascenseur : tout en tenant mon otage en respect, je me débarrassai de l'uniforme du garde et je redevins un gentil Côtepentiste.

La sortie...Quel plaisir de voir la place fourmiller de faux touristes! Ézéchiel m'attendait. Je lui remis les clés de ma voiture et il courut la chercher dans le stationnement du Sheraton Plaza.

Des voitures de flic arrivaient et tentaient en vain de se frayer un chemin jusqu'à la tour. Quand Ézéchiel revint, la foule se fendit pour le laisser passer. Les sirènes de police hurlaient de dépit. Pour répondre à leurs lamentations, les cinq mille Côtepentistes entonnèrent un chant à la gloire du Très-Haut. Ézéchiel me dit :

— Prenez le volant. Je suis trop nerveux. Je vais surveiller votre otage.

Il monta à l'arrière avec Sam Pakyou, qu'il ligota aussitôt avec une corde qu'il avait eu soin d'apporter. Je démarrai. Au bout de la rue, la foule s'ouvrit pour nous livrer passage. C'était comme la mer Rouge. Des centaines de têtes nous saluaient. Le couloir s'étendait sur plus de cent mètres. La mer humaine se referma derrière nous.

Cinquante voitures de police étaient immobilisées par la

foule. Une dizaine d'autres étaient renversées ou étaient allées s'écraser contre des poteaux télégraphiques ou des immeubles : les conducteurs, arrivés sur les lieux à toute vitesse et surpris par la présence des Côtepentistes, avaient dû, pour éviter de les faucher, faire des manœuvres brusques qui leur avaient fait perdre le contrôle de leur véhicule. Yahvé protégeait sûrement son peuple, car pas un des siens ne fut blessé ce jour-là.

Nous profitâmes de la confusion pour fuir vers le pont Harvard. Une seule voiture de flic avait pu échapper à la toile d'araignée et elle nous collait au train.

— Je crois que je vais descendre après le pont, me dit Ézéchiel qui avait la nausée.

— Comme tu voudras, vieux! Tu remercieras de tout cœur les membres de ta tribu.

Je brûlai un feu rouge, le flic aussi. Un Noir, qui écoutait la radio de sa voiture à plein volume, n'entendit pas la sirène et s'avança dans la rue sale et transversale (merci, Georges-Dor-ne-le-réveillez-pas!) Le flic donna un coup de volant pour l'éviter. Sa voiture grimpa sur le trottoir et alla défoncer la vitrine d'une boutique de farces et attrapes.

J'avais la voie libre.

Je traversai le pont. Ézéchiel s'apprêtait à descendre quand Sam Packyou le pria de bien vouloir lui allumer un cigare.

— Je peux ? me demanda Ézéchiel.

— Oui, répondis-je. Et fous-le-lui bien profondément dans la gueule. Ça lui clora le bec.

Ézéchiel s'exécuta. Je stoppai la voiture après le pont.

Le temps des adieux était venu. Ézéchiel me serra la main et, avant de descendre, me dit :

– Je vais prier le Seigneur pour vous!

Je redémarrai en trombe. À l'intersection suivante, un camion transportant du fioul surgit soudain devant moi. Je ne pus l'éviter. Collision! Le camion se renversa sur le côté. J'étais écrasé par la portière et le volant. J'avais du mal à respirer. Sam Packyou avait été projeté à l'avant et s'était fracassé le crâne contre le pare-brise. Son cigare était tombé hors de la voiture et fumait à quelques centimètres de là. Le réservoir du camion avait été percé sous le choc. L'huile se répandait sur la chaussée. Un mince filet coula vers le cigare. Il le toucha. Quelques secondes plus tard, les deux véhicules flambaient.

Je me retrouvai devant la Sainte Vierge qui, avant de me prendre en charge, émit le commentaire suivant :

– Ça sent le roussi!

J'entendis alors la voix de mon copain GM qui disait :

– Mon petit Dropaôtt, je crois que ton heure est enfin venue. Je me suis arrangé pour que tu meures cramé, ce qui t'a permis de brûler *tous tes péchés. Tu éviteras donc un petit séjour chez ce damné Lucifer, qui avait préparé un méchant méchoui dont tu eusses été l'agneau d'honneur. Bienvenue au Paradis du silencieux nirvana!*

Je sus alors qu'à moins de fortes pressions de votre part, fans de moi-même, vous n'auriez plus d'autres aventures géniales à vous mettre sous la dent.

Ici se termine l'histoire de Dropaôtt. Deux cadavres

calcinés ont été retrouvés dans la voiture de notre héros : le sien et celui de Sam Packyou. L'enquête qui a suivi s'est bornée à disculper Papartchu Dropaôtt du meurtre d'Angela Dickinson. L'accusation de kidnapping du président du cabinet d'experts-conseils Sam Packyou a toutefois été maintenue. Aucune mention n'a été faite de l'existence d'une *organisation*. Si on en croit les milieux officiels, les locaux situés sous la tour John Hancock n'existeraient tout simplement pas.

Ma propre enquête m'a permis de découvrir ce qu'était devenu Thomas Kériotte. Il est président de l'entreprise *Les Amusements Parthénon inc.*, qu'il a rachetée à son patron. La curiosité m'a attiré un soir près de la maison que Thomas s'est fait construire dans la Beauce. Le champion était dans son salon en train de jouer avec quatre *flippers* de luxe, alignés côte à côte.

En le regardant passer d'un appareil à l'autre, j'ai eu le sentiment que les *arcades* – ces maisons de jeu bon marché – constituent peut-être le symbole le plus évocateur de notre monde contemporain : une société formée de gens sans conscience collective et sans autre objectif que la satisfaction immédiate et égoïste de leur narcissisme.

Le réveil sera brutal...

Moi, Nicole Davion

Dropaôtt est vivant...

Le jeudi qui a précédé son départ, nous avons fait l'amour en toute conscience.

Le médecin m'annonce aujourd'hui que je suis enceinte de mon Dropaôtt chéri.

Oh mon amour! Si tu m'entends, sache que je te ferai un fils à ton image : le plus beau, le plus intelligent, le plus...

Dropaôtt vit en moi.

Non, il n'est pas mort.

Car les Papartchus ont été, de toute éternité - et demeureront pour l'éternité - le vivant symbole de l'amour possible entre les êtres humains.

Nicole Davion

www.ingramcontent.com/pod-product-compliance
Lightning Source LLC
LaVergne TN
LVHW042148190726
843493LV00006B/1565